科伦·麦凯恩作品系列

Colum McCann

Fishing The Sloe-Black River

垂钓黑河上

〔爱尔兰〕科伦·麦凯恩———著
晏向阳———译

人民文学出版社
PEOPLE'S LITERATURE PUBLISHING HOUSE

著作权合同登记号　图字 01-2022-4419

Colum McCann
Fishing in the Sloe-Black River
Copyright © 1993 by Colum McCann
All rights reserved.

图书在版编目（ＣＩＰ）数据

垂钓黑河上 / (爱尔兰) 科伦·麦凯恩著 ; 晏向阳
译 . -- 北京 : 人民文学出版社 , 2023
（科伦·麦凯恩作品系列）
ISBN 978-7-02-017820-9

Ⅰ.①垂… Ⅱ.①科… ②晏… Ⅲ.①短篇小说一小
说集－爱尔兰－现代 Ⅳ.① I562.45

中国国家版本馆 CIP 数据核字 (2023) 第 034218 号

责任编辑　朱卫净　潘爱娟　邰莉莉
封面设计　李苗苗

出版发行　人民文学出版社
社　　址　北京市朝内大街 166 号
邮　　编　100705

印　　刷　山东临沂新华印刷物流集团有限责任公司
经　　销　全国新华书店等

字　　数　110 千字
开　　本　889 毫米 ×1194 毫米　1/32
印　　张　6.25
版　　次　2013 年 1 月北京第 1 版
印　　次　2023 年 3 月第 1 次印刷

书　　号　978-7-02-017820-9
定　　价　45.00 元

如有印装质量问题，请与本社图书销售中心调换。电话：010-65233595

献给我的父母

目录

姐　妹

我一直觉得我俩的生活就像是那片土地上的颜色——她的是羊胡子草的绿油油，而我的则是地下水的黑黝黝，就像男人们狠劲儿一锹挖下去就能看到慢慢渗出来的黏稠泥水的黝黑。

记得十五岁时，我常在傍晚穿着明黄色的袜子，骑车穿过那片黑乎乎的泥塘向舞厅奔去。姐姐一般都待在家里。虽然我一路小心地避开那些泥塘，可总免不了在背上留下点点泥迹。我跳舞时，那些穿着厚重蓝色外套的男孩都目不转睛地盯着我。他们常常斜靠在我的自行车上，在夜色中偷偷分享香烟，我也加入了。一次，他们中的一个在我的车篮里插了一朵香百合。后来，那些穿着青灰色西装的人都靠在我身上，眯着眼睛，头像老鹰似的往前勾着。有时，我会把手伸出去，越过他们的肩膀，用手比画或者刻出一个东西来，有鼻子有眼的，就像个小人儿，我用他来寻找生命的含义。

有个留着两撇八字胡、胡梢花白的老男人带我去的是卡斯尔巴①公厕。这人是个海员，身上有股很冲的缆绳味儿和霉味儿，外加老水手的无赖劲儿。那地方有海滩，有浓荫，山坡上满是石楠花。一个农民小伙儿在我身上耕耘的时候，我伸手在圣母的雕像和纪念爱尔兰亡灵的凯尔特十字架②之间做了一个问号的形状。乱交就是我的签名。我那时候长得像个细腰的沙漏，脑袋上一头枯草，眼睛绿得跟酒瓶底似的。有人带我到阿奇尔岛③吃冰淇淋，然后我们在石岸上抠下了些紫水晶，接着又爬上了广播塔。后来，等我们醒过来时，发现明月当空，而自己则睡在悬崖的边上，大西洋的海浪就在下面拍打着。第二天，我父亲在餐桌上跟我们说约翰·肯尼迪总统已经把人送到月球上了。"真丢人，"他看着我说，"费了半天劲，发现那里除了一堆灰尘以外什么也没有。"那时我的腿脚更加利索了，可以走到舞厅去。只是周遭的泥塘又湿又黑，必须小心。那个送我香百合的男孩又尝试了一次，这次他还加了一朵从警察局偷来的金莲花。我的身子还是在各处狂欢着。我父亲常常等我到深夜，大口大口地抽他的伍德拜因牌香烟④。有一次他对我说，他在一家印刷店里听人叫我"小娼妇"。还有一天，我在房间收音机

---

① 爱尔兰西北部梅奥郡的首府。
② 爱尔兰常见的十字架，在十字架交叉处有象征永生的圆环，常见于赞美诗的封面，在英国也有少量分布。
③ 爱尔兰主岛以外最大的岛屿，位于爱尔兰岛西部，属梅奥郡。
④ 英国帝国烟草集团1888年创立的品牌。

里搜索卢森堡电台^①的时候，听到他在啜泣。

我的姐姐布里吉德不时爆发强烈的厌食症。她常常在课后一个人溜到泥塘旁，偷偷躲在一块大岩石后边没人的地方。她总是手里拿着《圣经》，袋子里装着学校的三明治。到了那儿，她就像只知更鸟一样蹲着，一点一点地撕下面包，祭祀一般地抛洒在周围。这块石头可是有来头的——行刑的时候，这里是用来做弥撒的。我有时会在远处偷窥她。我的姐姐自己瘦成了个骨头架子，却还在扔面包。有一次，我见她在石头上拿着父亲的钳子慢慢地把左手中指的指甲给拔了出来。她这么干只因为听说十七世纪克伦威尔的手下就是这么对待竖琴师^②的，只为了让他们没法拨弄琴弦、弹奏音乐。她想知道那是什么样的痛苦。她的手指流了好几天的血。她给父亲的说法是自己不小心被学校的门夹到了。父亲对布里吉德的情况毫无察觉，几年前母亲去世——母亲是在外出散步的时候被一阵风刮下悬崖的，之后，他就一直沉溺在哀痛中不能自拔。从那天起，布里吉德就开始活得跟个殉道者似的。人们都怜爱她文弱白皙，可是从来不知道她那孱弱的身体里都藏着些什么样的念头。她从来不去舞厅。自然，她脚上穿的是修女们标准的褐色袜子。袜子里的两条

---

① 欧洲知名摇滚音乐电台，创始于1933年，现在使用多种语言广播。

② 早在12世纪，爱尔兰这个岛屿上就已经汇聚了竖琴师、风笛手和游吟诗人。1654年，英国护民官克伦威尔率军入侵爱尔兰，许多音乐家由于宣扬本土意识和天主教而遭到屠杀。

腿瘦得跟芦柴棒一般。我们之间很少说话。我也几乎没有主动跟她聊过。我嫉妒她那闲置的身体几乎没有什么消耗，可是我还是像姐妹一样，不计嫌隙地深爱着她。

二十多年过去了，现在我躲在汽车的后备箱里，挤作一团，蜷缩在毯子里，心里满是困惑，我干吗要非法穿越加拿大边境，去一个并不欢迎我的国家，见一个我其实一点也不了解的姐姐呢？

后备箱里又黑又冷，又挤又闷。我的膝盖紧紧地顶着我的胸，我都快喘不过气来了。还有令人窒息的灰尘随着冷风不断灌进鼻腔里。我们可能还在魁北克的辖地内。每停一个红灯的时候，我都以为是到了进入美国缅因州的边境站。等最后到了，我们要停在冰冻的河流旁边，到上面去溜溜冰，吹吹风。只有我跟迈克尔，在冰上疯一下。当然，也许只是想想而已。

当我求迈克尔带我从加拿大偷渡进入美国时，他二话没说就答应了。他一直想当一只墨西哥人所谓的"郊狼"①。他说这跟他们纳瓦霍人②的血性是一致的。他的祖先认为郊狼就是蛮荒之初唤醒日

---

① 郊狼是犬科犬属的一种，与狼是近亲。郊狼产于北美大陆的广大地区。郊狼的英文词"coyote"借自墨西哥西班牙语，最初来自当地的阿兹特克部族。

② 纳瓦霍人是美国印第安居民中人数最多的一支，散居在新墨西哥州西北部、亚利桑那州东北部及犹他州东南部。

出的乌狗。在了解到我年少时的轻狂之后，他开玩笑说我肯定不信那套传奇，只会听信大爆炸理论。现在躲在后备箱里，我把头上蓝色的羊毛帽紧紧地盖住耳朵。我的身体已经无法像从前一样柔韧地对折起来了。

我是七十年代初在灰狗长途汽车上认识迈克尔的。那时我刚逃离那些泥塘不久。布里吉德还在家里吃她一小碟一小碟的鸟食。父亲到香农机场为我送行，最后拥抱了我一下，就像跟他最后一根雪茄告别似的依依不舍。上了飞机，我才终于肯定，我要永远离开这里，远赴异国他乡——我已经烦透了家乡那种谁都跟你熟得很的点头招呼。我只戴着一串珠子逃到地球另一边的旧金山去。在机场公车站，我一开始注意到迈克尔是因为他一身凶煞的黑色。他的皮肤就像是在糖浆里浸过，我还看到他挂在胸前的一串牙齿项链。后来我才知道那是美洲狮的牙齿。他是在爱达荷州的荒野发现那只狮子的，它在路边被撞死了。那天他一声没吭走过来就坐在了我的边上，身上有股淡淡的实木烟熏的味道。他的脸有点像鹰，满是粉刺，手腕很粗。他当时穿着皮背心，牛仔裤，脚蹬高筒靴。后来我不知不觉就把头靠在他肩膀上睡着了，手还伸过去摸着他的狮牙项链。等到我对着它们吹气，说它们互相撞击时听起来就像是风铃声时，他终于笑了。于是我们就一路嘀嘀咕咕地穿越了整个美国。我跟他在一起生活了很多年，住在教会区旁边的德洛莉丝大街，常常能听到金门大桥的浓雾警报的哀鸣。我们在一起，直到后来的大搜捕。一九七八年大搜捕之后，我离开美国回爱尔兰定居了。可是从此再没有跟别的男人睡过。

现在车又颤抖着停了下来，我的头一下撞在了后备箱的盖子上。我真是宁可拿根针去钻透石柱也不会再犯这个傻了。这阵子烟草和酒精的走私贸易猖獗，我们很有可能被牵连抓住的。迈克尔本想用独木舟带我从肯尼贝克河泅渡过去。当我坚持躲在汽车的后备箱里时，他的眼神中闪过一丝不祥之色。现在我真是后悔死了。"听着知更鸟的歌声，躺在慢悠悠的水面上，那河水载着我们缓缓漂移，只看到蓝天高高在上，人人都沐浴着爱。"在我和布里吉德很小的时候，父亲给我们唱过这首歌。

车一点一点地向前蹭着。我不知道到底是快到边境了还是又遇到了红灯。有时车彻底停了下来，然后又一寸寸地前移。不知道此时迈克尔在想什么。三天前刚见到他时我有点被吓到了，因为他十三年来似乎没什么变化。这让我自惭形秽。我自己已经是灰头土脸、邋遢不堪。晚上独自躺在他的沙发床上时，我不由得摸到了自己大腿上新长出来的肥肉。现在我觉得自己的体重简直跟他不相上下了。他剪短了头发，穿上了套装，只为减少被查验的风险——这让他耳目一新或是更加陌生了，我也说不清楚。

外面一阵沉闷的对话声。我更加用力地蜷了起来，脸紧紧地贴在冰凉的铁盖上。只要边境检察官要求检验他的行李我就完蛋了，历史就要重演了。可是我听到了两次拍打车盖的声音，然后引擎发动，车子向前走了。一会儿我就进了美国，这个据称是上帝赐给该隐的国度①了。在路上行进了一会儿，我听到迈克尔大吐了一口气，然后是鬼叫般的狂笑。

"我一身的鸡皮疙瘩恭喜你了，"他喊道，"过几分钟再把你放出来，谢昂娜。"

他的声音听起来嗡嗡的，我的脚趾头都冻僵了。

一九七八年八月的时候，我还在格尔利大街的一个酒吧唱歌。那天晚上，我准时下班，穿着一件从当铺里买来的旧婚纱，头发披散着，脚上还套着黄色的袜子——后两者已是我的注册商标了——钻进了我们那辆破旧的、有着粉红色轮毂罩的福特皮卡，朝海岸驶去。迈克尔周末的时候就到门迪西诺北边的一个小屋里去，帮着弄来一堆加州橘子。我穿过聚满花嘴鹂鹂的小桥进入了索萨利托，大约在塔玛帕斯山的海岸边，我扔了几个烟头向杰克·凯鲁亚克和约翰·缪尔②的亡灵致意。远处的海面上，一轮红日升起，有

---

① 16世纪殖民者雅克·卡地亚引用《圣经·旧约·创世纪》中的该隐杀死兄弟来谋取的土地来描绘圣劳伦斯湾这块荒野。后来不断有人借此来比喻白人谋夺印第安人的领地这件事。

② 约翰·缪尔（1838—1914），早期环保运动的领袖。代表作《加利福尼亚的山》。

如一片脏兮兮的阿司匹林。我小心翼翼地开着车，不敢跨越白线一步，不管是仪表盘上的还是公路上的。我按照迈克尔写在一张一美元钞票上的方向一直开到了俄罗斯河边，那天一大早还是挺顺利的。

那栋小屋在一条弯弯曲曲的山间小路的尽头。路旁堆满了废弃的摩托车配件、装橘子的木箱以及风车碎片，几只小猫在其中跳来跳去。树林里点缀着野草莓，阳光透过高大的水杉形成一道道光柱。迈克尔和他的朋友腰间挎着枪来迎接我。家乡梅奥从来就没有过枪，只是有女学生传言说在布里吉德独坐的石头以外一英里的地方有个洞，里面住着个爱尔兰共和军。我有点被吓到了，被那些枪。我叫迈克尔把自己的挎起来。等到晚上，其他人跟着一车疯子走掉了，我问他能不能单独跟我待会儿。我不想看到那些枪。虽然我自己也有。四个小时后，我们赤身裸体地躺在一条小溪边，我不知怎么背起了卡瓦纳①的诗句。我的爱河两边绿油油的，蓬蒿茂密。后来我从他的肩头看过去，见到的却是四个警察狞笑着拿枪指着我们。他们逼着迈克尔弓起身子，然后把树枝插进了他的肛门。他们也想抓我，这些人像鹰隼一样眼睛瞪得溜圆，最终也逼迫我就范了。四个人轮着上。这次我闭上了眼睛，手臂贴在地上，没有小人

_____

① 帕特里克·卡瓦纳（1904—1967），爱尔兰泥土诗人。

从我手掌里看着我了。

五天后，对我的处理直截了当——一个瘦削的戴着顶软呢帽的年轻律师接了我的案子——他们说我没有绿卡要把我驱逐出境。我戴着手铐，经过旧金山国际机场里本尼阿诺·布法诺①的"和平"雕像——那个融合了各个种族脸型的雕像——被他们押到了肯尼迪国际机场，在那里登上了爱尔兰航空公司的波音747。我把我的念珠都冲到马桶里去了。

等到进了缅因州的一条土路上，迈克尔把我从后备箱里拎了出来，抱着我转了一圈。四周黑漆漆的，可是我在旋转中还是能闻到湖泊和杉树的气息，还有树枝上清新的积雪。天空中，猎户座正持剑追赶着金牛座。"那可能是只鬼。"我低声对迈克尔说。他停下了舞步。"我是说，那些星星的光进入我们眼睛里的时候，已经经历了几百万年了，所以完全可能已经是鬼影了。那颗星星本身也许已经爆炸了，成了超新星。"

"我对星星仅有的知识就是它们是晚上出来的，"他说，"我爷爷有时会搬把摇椅坐在屋子外面拿它们跟我奶奶的牙齿比。"

我笑着靠在了他的身上。他抬头看着天空。

"再告诉我点科学奇迹。"他说。

---

① 意大利裔美籍雕塑家，作品包括旧金山唐人街上的孙中山像。

我就开始掰扯说要是我们可以飞得比光还快的话，就可以不动声色地瞬间飞到自己从来没想过的地方了。他满脸疑惑地看着我，拿手指按住我的嘴唇，抱我走回车旁，轻轻地把我放在了前座上，然后说："去你姐姐那儿。"

他解开自己的领带，把它当作手帕包在头上，又用手摸了摸已经不存在的马尾辫。接着他打开收音机，朝纽约驶去。

我曾有一次在都柏林见到过姐姐，就在道森酒吧①外面。我觉得她的新道服穿在身上挺合适的。黑色能掩饰她的瘦弱。她一边走一边念着祷告词。手上的毛显得又细又密，颧骨突出得简直要掉下来了。我跟在她后面，穿过圣史蒂芬绿地来到国会下议院。她小心地趿着自己的拖鞋，从来也不让它们离地面太高。到了下议院门口，她停了下来。有一群无家可归的人坐在那里抗议。为了取暖，他们像蜂鸟一样不停地拍打着自己的手臂。那天是圣诞夜。她跟他们中的几个谈了几句，然后就拿出一块毯子坐在了他们中间。这让我大为诧异。我在街对面看着她跟他们有说有笑，还有一个小女孩倒进了她的怀里。我离开那里，买了一个面包，喂给绿地上的鸭子吃。马丁大夫鞋店②的男孩没冲我微笑，我只想找个舞厅。

---

① 据称是都柏林最小的酒吧。
② 一名德国医生于1945年创立的品牌，后来被英国人买下。以宽松舒适、结实耐用而著名。

"现在的硬币上再也找不到我们的出生年份了。"我在包里翻找着零钱准备打电话。

"我喜欢这么冒险，"他说，"简直比上绞刑架还刺激。哎，你真该看看那个边检官的脸。眼睛都不眨就挥手放我过来了。"

"你觉得我们老了，然后就……"

"听我说，谢昂娜，你知道老话怎么说的？"

"怎么说？"

"女人的年龄在心里，"他吃吃地笑着说，"男人就跟他喜欢的女人一般大。"

"真好笑。"

"我可不是说笑。"他说。

"对不起，迈克尔，我只是有点紧张。"

我靠在椅子上看着他。他六年间从监狱里给我寄的信当中，有一封令我记忆犹新。"谢昂娜，我不介意和你一起死在沙漠里。"他写道，"我们俩可以一起舔岩石上的露水，然后躺在太阳底下，直直地看着它，直到它把我们弄瞎。我们可以挖两个洞，把尿撒在里面。然后用塑料布把洞盖住。塑料布的中央放一块石头。太阳可以帮忙蒸馏，水汽都跑到了塑料布上，又顺着它流到中央，滴到一个锡罐里，就成了水。这样经过一天，我们就可以互相喝对方身体里的水了。最后就等着秃鹰从热气流里冲下来吧。我真不想跟你分开。我现在就是行尸走肉。"

那天收到信时，我真想辞掉那份在卡瓦纳运河边的玻璃大厦里的秘书工作。我想回梅奥去挖一个坑，下半辈子都叼根芦苇秆躲到那坑里渗出的水中不出来。可是我没有辞职，也没有给他回信。那死法过于美丽了。

都柏林的日子孤单乏味。我住在拉格伦路边上亚壁古道的公寓里。在那里，我的满头黑发慢慢不知去向。而十三年的时光也悄悄流逝，连秋日黄花都算不上了，它们一丝丝地都沉积到我的皮肤里了。我默默地看着圣殿酒吧区一个扫大街的人吹着欢快的口哨，就跟嘴里有只活跃的鸟儿似的。我注意到天边的脚手架越来越多。都柏林也是个国际化大都市了。躲在里森大街某个门洞里的瘾君子也学会了在直肠里藏可卡因。年轻的男孩都戴着棒球帽。运河上五颜六色的垃圾异常刺目。邮递员会问我一个人寂不寂寞。一九八五年，我去了一趟托雷莫里诺斯[①]凑了个热闹。我还看到几个女孩子，大概就跟我当年差不多大，在小巷里被人糟蹋了。

可是我对男人却没有一点念头。我买了个平底锅，天天琢磨着怎么做出色香味俱全的饭菜，我还会倚靠在只有一根管子的电暖气上写点小诗。甚至有一次我都跟一个多尼戈尔郡的警察约会了。可

---

① 西班牙旅游胜地。

是当他想撩起我的裙子时我一巴掌扇掉了他的眼镜。工作时我必须穿一件带丝带的外套，还经常被电话槽孔弄花指甲，可我郁闷得连工作都懒得换。我在音乐厅看到一位竖琴师在尼龙绳上弹出美丽的乐曲。有一次，恰好是见到姐姐裹着福克斯福德毯子跟那群无家可归的人坐在一起整整两年之后，我突发奇想要去寻找她。"布里吉德姐妹，"他们告诉我，"正在中美洲传播上帝的福音。"我没敢问他们要地址。我对中美洲的印象是那里的狗比她还瘦。

我们现在离开了大道，漆黑的夜色逐渐被东方日出渲染成血色。进入新罕布什尔州后，我们一路寻找着加油站。迈克尔从来不喜欢州际公路上的那些大加油站。他总去些小镇上的私人加油站。这点他还是没变。他还是那个他，敞开的牛津衬衫里，露出脖子上那串美洲狮牙齿的项链。因为我信任他，因为他还是执著于简单、真实的事物，所以我告诉他我觉得布里吉德病得很重。我对中美洲的认知很简单，仅有的一知半解都来自报纸。她病了，我对他说，因为她在那些龙舌兰植物里面心都碎了。她病了，因为那里的士兵拎着AK-47冲锋枪，一路用枪托敲打着砖窑里发面的铁桶。她病了，因为她看到了无数原以为只有爱尔兰历史上才有的惨剧。她病了，因为那里也有个瘦骨嶙峋的女孩想跟她一样生活，却发现这个世界没有奇迹。她病了，躺在长岛的一家修道院医务室里，那里的修女们不知道有没有尽到自己的职责。不过，说老实话，她之所以生病，我觉得也是因为她知道我看到了她在那块石头上抛洒面包却一声也没吭。

"你对自己太苛刻。"迈克尔说。

"我就是在拿针钻石头。"

"什么意思？"

"哦，行了，迈克尔，不要装得跟我们还是二十一岁、这些年都白过了似的。"

"可也用不着哭丧着脸。"他说。

"哦，你不哭丧着脸？"

"我会尽量不去想那些事。"

"那比哭丧着脸还糟糕，迈克尔。"

"好了，"他说着伸手过来抓住了我的手，"你没法改变过去。"

"是，我们改变不了，"我说，手上软弱无力，"改变不了，对吧？"

出于对自己无名火的愧疚，我又跟他说起了我是怎么找到姐姐的地址的。这三天里我都说过无数次了。就在一个礼拜前，我决定回家去看看老爸，给他带了一条少校牌香烟 ①，我实在是找不到伍德拜因了。我也不知道是什么触动了我的神经，让我想到去看他。那

---

① 爱尔兰三大烟草品牌之一，被看成是爱尔兰身份的象征。

天在都柏林，另一个秘书唠叨了一上午，因为她的牧羊犬在她最喜欢的地毯上吐了一摊，她都气哭了，我猜，与其说是因为狗，还不如说是因为那条地毯。我独自走到运河边上，看着那些男孩跳进水里，击破那油油的水面。他们的勇气深深震撼了我。于是我直接去了休斯敦车站买了张西去的车票。

当然，他已经死了。那对买了我们旧平房的夫妻都已经有了三个孩子。他说他们在戈尔韦医院见过我父亲。那是在氧气帐篷里，他当时还嚷着要来一口布什米尔酒①和烟。医生告诉他说这样他会爆炸的，结果他说："太好了，那给我来口烟吧。"那个问我是谁的丈夫其实知道我是谁，尽管我再也不指望他拿出什么金莲花和香百合了。我当着他妻子的面说我是一个远方表亲。送我到门口时，他又悄悄告诉我说他听说布里吉德生病了，现在住在"大苹果"的一家修道院里。他说这话时就像是撕了自己的皮一样，然后又鬼鬼祟祟地在我脸上亲了一下。我厌恶地赶紧擦掉了。回到都柏林的家后，我打了一通电话，好不容易才找到迈克尔。他现在在魁北克当一个建筑包工头。

"迈克尔，我要回美国去。我可以从伦敦飞到加拿大，这没问题。"

_____

① 爱尔兰北部一个历史悠久的威士忌酒品牌。

“我会到蒙特利尔机场来接你。”

“你结婚了吗？”我问。

“你拿我开涮呢？你呢？”

“你拿我开涮呢？”我笑了，“你能帮我这个忙吗？”

“当然。”

一路上我们就沿着95号公路行驶。一连串的加油站、霓虹灯、汽车旅馆、快餐店呼啸而过。迈克尔跟我聊着另一个世界，跟这里完全不同的世界，那里的太阳落下又升起，升起再落下。圣昆丁监狱留在他头脑里的只有墙上的窗户。他出来那天，身上的衣服已经嫌大了两号。他学会了翻筋斗，结果装了个合成膝盖。他坐上公车去了约塞米蒂国家公园^①，在那里当了一阵子导游。等到我不再给他写信以后，他就驾着摩托，他把它叫做“烧大米”的摩托^②，从加利福尼亚一直冲到了新墨西哥的盖洛普。他爸妈把政府每月的支票都浪费在他们家屋后一条干枯的小溪里了。迈克尔就睡在一个堆满雷鸟酒瓶的棚子里，破破烂烂的屋顶上还有一个洞，抬头就能看见星星，它们都在默默地运行不息。他也默默地走自己的路，爬到纽约的脚手架上去忙活了。印第安的登山高手在那一行里供不应求，薪

----

① 位于加利福尼亚州东部内华达山脉，是美国西部最美丽、参观人数最多的国家公园之一，与大峡谷国家公园、黄石国家公园齐名。
② 指日本产的摩托车。

水不错。

后来他碰到了个女孩。女孩带他去了加拿大。他们一起去爬了东北森林里冰冻的瀑布。他跟那女孩不久就分手了，可是瀑布还在那儿。"也许，"他说，"等我们去魁北克的时候就可以套上背带，蹬上靴子去爬。"我揉了揉自己的大腿说："再说吧。"

又是一阵潮水般的霓虹涌过。

我们停车吃了顿饭。一位卡车司机出价十块钱要迈克尔把美洲狮牙齿项链让给他。迈克尔告诉他那是他家的传家宝。然后他们用一种我——我当时穿着红色的针织毛衣、灰色衬衫——听不到的音量向他推销一袋子药丸。不过迈克尔婉拒了卡车司机，说他不开快车已经很多年了，然后我们就走了。

第二天晚上，我们轰鸣着加入了纽约市的车流，朝村里[1]开去。迈克尔已经睡眼惺忪，累得不行了。车里扔满了咖啡杯，衣服上的烟味久久不能散去。现在这个城市对我来说就跟其他城市一样，都是一堆的人加一堆的车。显然，切尔莎旅馆已经没有我们的地儿了，也找不着迪伦，找不着比汉，找不着科恩，找不着那些我们耳熟能详的旅馆了。转悠的时候，街上一直回荡着怀旧老歌。我

---

[1]　指纽约曼哈顿下城西区14街至西休斯敦街之间的区域，亦称"西村"（West Village），一度是美国现代艺术的中心，作家及艺术家的聚居区。

们最后住在了布里克街上迈克尔的老友家里。我箱子里带了两件晚礼服。我最大胆的一件事就是一件也没穿。迈克尔和他的朋友全睡在沙发上。我睡床上，却怕死了那条床单。四只带着警徽的红嘴老鹰站在长满红衫的小溪旁，在斑斓的阳光里对着我叽哇乱叫。一群男孩从沼泽那边晃悠着过来了，个个都戴着褐色的花呢帽子，裤脚上夹着银色的夹子，死盯着我。我父亲点着了一盒烟在一个塑料盆里烧了。一个修女在周围跑来跑去，肚子上长着一大团的面团。我的手上扎满了松针，没有清风来把我带走。血顺着他的大腿往下淌着。知更鸟爪子里抓着的花朵掉了下来。我辗转反侧，大汗淋漓，把被子卷了好几层还是睡不着。直到迈克尔最后过来亲了我的眼睑才睡着。

开车去长岛的路上，我在街头买了一束黄色水仙花。他跟我说黄水仙的含义是婚姻。我说这是送给一个修女的。他拉了一下帽子。"谁说得准呢，亲爱的，"他说，"这年头谁说得准啊。"

迈克尔开车时还是会时不时摸摸后脑勺的头发，时不时还会捏捏我的手臂说一切都会顺利的。快车道上挤着一堆车。不过慢慢地，等车子一点点挪动，车流终于稀疏了下来。偶尔有大片的雪花被雨刷刮掉。我蜷成一团，听着外面的海浪声，记起一个叼着芦秆躲在沼泽里、以此证明自己的男人。我现在年纪大了，也不用害怕了。我想着把那花的花瓣一片一片地扯下来。我们朝海边开去。远远地，我看到海鸥在海浪上高高低低地叫着。

蓝蚝修道院看起来像个学校。除了前面草坪上那个肩膀上落着一层雪花的圣母雕像外，这里看不出有什么神圣的氛围。我们停了车。我让迈克尔等着我。我从他的衬衫领子下翻出那串牙齿项链。这是我认识他以来第一次面红耳赤地亲他的嘴。"行了，"他说，"不用现在跟我多愁善感。也不要待太久。魁北克的瀑布可是化得很快的。"

他把收音机的音量开到最大。我朝前门入口走去。门环，搭扣，燕子，还有下面那些话只有诗人才写得出："我就是我的所作所为，来到这世上也就是为此。"[①] 我在厚实的木门上敲了半天，门才打开。

"什么事？"那位老修女问。她是爱尔兰人，看那一脸的暗褐色皱纹就知道。

"我找布里吉德·奥德维尔。"

她看着我，打量着我的脸。"恕不待客，对不起，"她说，"布里吉德姐妹需要和平静养。"她微笑着要关上门。

"我是她妹妹。"我结结巴巴地说道。门又开了，她看着我，眼睛斜着。

---

① 英国维多利亚时期著名诗人、耶稣会教士杰拉尔德·曼利·霍普金斯《我就是我的所作所为》中（*I am what I do*）的诗句。

"真的？"

"对，"我笑道，"真的。"

"你想干什么？"① 她问。

"我想见她。求你了。"②

她盯着我看了很久。"来吧③，来吧，姑娘，"她接过黄水仙，摸了摸我的脸颊，"你的眼睛跟她的一样。"

我走进走廊，那里像苔藓一样挤满了老修女，都在提问。"她病得很重，"一个说，"她不会见任何人的。"给我开门的修女带我挤出一条道。门口放着鲜花，墙上挂着画，屋子里一股百合花香，大片的素白让其他颜色都黯然失色。我坐在一把铁椅子里，双膝紧紧地靠在一起，我的手放在腹部，看着她们的脸，听着她们低沉的唠叨声，没有回应。一座圣母雕像盯着我们。我似乎又回到了十几岁，穿着条修女的裙子。现在是冬天，打完爱尔兰曲棍球，我在学校冲澡，有一两个修女就站在旁边，看着同学们和我清洗掉我们腿上的尘土。她们看到我大腿内侧的瘀伤，就给我讲妓女收容所的事儿。现在我又从学校大门冲了出去。我穷凶极恶地往前狂奔着，裙子飞得老高。我看到她在那儿，坐在石头上，吸吮着自己的手指。她拿芦秆做了个十

---

①②③　原文此处为爱尔兰语。

字架，这是她名字来源的圣徒^①的标记。迈克尔走过来，吸舔沙漠岩石上的露水。我父亲往火上加了些炭。太好了，那就给我来支烟吧。

"你跟我们来喝一杯吗？她现在在睡觉。"还是那个给我开门的老修女说。

"谢谢你，姐妹。"

"你看上去脸色不好，亲爱的。"

"我走了很远的路。"

喝茶吃点心的时候，这些女人的态度开始好转了。她们吃东西时的嘎吱嘎吱声和笑容让我很是意外。她们打听她的往事。"布里吉德，她们说，多好的人啊。她一直就这样吗？圣灵附体？"

有两个修女前几年一直跟她在一起。她们告诉我，她一直待在萨尔瓦多一个咖啡种植园外面的修道院里。前不久的一天，有三个修女遭到了枪击，其中一个差点丧命。于是布里吉德就溜出去几个小时，到山里为她们的康复祈祷。三天后人们才找到她，她被扔在一块大石头上。当我问到指甲的事时，她们都很诧异。"没有啊，"她们说，"她的指甲好好的啊。是因为缺乏食物才把她弄成那

---

① 指布里吉德的名字来自圣徒布里吉德，其地位在爱尔兰仅次于引领爱尔兰人皈依基督教的圣帕德里克，传说是位爱尔兰公主。同时，布里吉德又是古爱尔兰人神话中司火的女神。她用芦苇编成的十字架是基督教和当地民间信仰结合的典型。

样的。"人们找了五个农民才把她从山上抬了下来。她在当地人中口碑很好。她经常拿食物到那些土坯房子里去，而且那些人很感激她去的时候还把食物藏在衣襟里，这样他们就不用因为接受施舍而不好意思了。她在圣萨尔瓦多的医院里住了几个星期，一直打着点滴，然后又被转到长岛来接受康复治疗了。她从来没提过自己的兄弟姐妹，可是她经常收到爱尔兰的来信。而且，在中美洲时她干过的最奇怪的一件事是，她嘴里含了块卵石，从萨拉戈萨海①一直到了这里。她学会了跳舞。她在当地教堂圣器安放室的后面养了四只小猪。她还教当地人怎么剥兔子皮。那个小卵石把她的牙齿崩掉了一小块。她还开始穿一些色彩很奇怪的袜子。

我开始偷笑。

"每个人，"一个修女带着西班牙口音说，"都允许有点疯狂，哪怕是个修女。我不觉得这有什么不对的。"

"不，不，不，这没有错。我是想自己的事。"

"那里的确很冷的，你知道吧。"她答道。

这时有人开始说起自己烧花豆的事儿，还有那些猪从猪圈里跑出去的事儿，以及兔子跑掉的事儿。还有一名修女说她有一次在神龛前从衣服里掉出一块蛋糕来，另一位从威尔士来的神父说上帝

_____

① 萨拉戈萨海位于大西洋中部，在西印度群岛和亚速尔群岛之间。

把他唯一的一块面包都拿出来了。不过那个神父还是原谅了这出闹剧，因为它也不算亵渎，只是有点滑稽。这时园丁走了进来。他是个斯莱戈人，说："我在屠夫的刀上看到的油脂都比你姐姐身上的多。"我把葡萄干放在碟子边上，还是笑。

"我能见她了吗？"我说，转头看着那个给我开门的修女，"我真的需要见她。我还有个朋友在外面等着。我一会儿还要走。"

修女转身进了厨房。我等着。这时我想起了一块泥炭，还有它包含的历史涵义。我真该给我姐姐带一抔泥土过来的，或者一块石头，或者别的什么东西。

一位老修女，带着非洲口音哼起调子，从厨房里端来了一块吐司面包和一杯水。她还在白碟子上加了一团蘸酱，"为了招待客人。"她冲我眨眨眼，示意我跟她走。我觉得大家都在看着我，离开饭厅的时候身后传来一阵嗡嗡的谈话声。她带着我上了楼梯，经过一个苍白、怪异的雕像，然后又穿过一个长长的整洁的走廊，到了一扇贴着罗梅罗大主教①照片的门前。我站住了。我屏住了呼吸。一块泥炭，一块石头，什么都行啊。

---

① 萨尔瓦多大主教，因拒绝对那些正在扼杀他那贫穷祖国生命活力的杀戮和磨难保持沉默，冒着生命危险进行抗争，于1980年在一家医院的小教堂里主持弥撒时被刺杀。

"进去吧，孩子，"那位修女捏了捏我的手，"你都发抖了。"

"谢谢。"我说。我站在门口，慢慢打开门。"布里吉德？"床上一团糟，就像刚刚被翻过。"布里吉德，是我。谢昂娜。"

没有回音。只是床单稍微动了一下，还有点活着的迹象。我走过去。她的眼睛睁着，可是一点都看不到她的魂儿。她花白的头发乱成一团，脸上的皱纹很深。年纪深深地刻在了她的脸颊上。我很生气。我摘下了房间里的圣心照片，反着扣在了地上，因为它把房间里弄得红通通的。她的嘴巴蠕动着，嘴角流出少量唾沫。终于，我见到她了。我再次凝视着她的眼睛。这是自从小时候以来我第一次这么看她。有些酸楚，也许程度很深。"我只是想找个中间的立场。"我说。然后我意识到我不知道在跟谁说，把那幅照片又挂回到墙上。

我坐在床边，摸着她灰白的头发。"跟我说句话。"我说。她微微转了转头。地板上碟子里的面包慢慢凉了。我喂给她吃，也不知道她有没有认出我来，可是我感觉她认出来了。我都不敢把手放在她身上，生怕摸到骨头。她不想被人喂，嘶嘶地用干裂的嘴唇把面包吐出来。她在我的手边闭上了嘴，可是我毫不费力就把它给掰开了。她的牙齿脆得就像石灰石一样。我把面包放到她的舌头上。每次都等它慢慢湿润直到最后化开，然后再喂点水冲下去。我想说点什么，可又说不出来，于是我就哼了一首霍依基·卡迈克尔^①的调子给她，不过她没听出来。要是想把她扶起来的话，估计会发现手里只是一抔尘土。我的手这时又动了起来，做出一个动感的形状，对我自己说话呢。

我想弄清楚床单下到底是不是她。"跟我说话。"她扭转头去，翻了个身。我站起来看了一下整个房间。除了床上这一团，其他地方也都乱七八糟的。地上有个空的夜壶。窗户旁边有些盛开的菊花。一只装着蘸酱的白碟子。盘子边缘那个已故的大主教正往盘子里看呢。

"就说一个字，"我说，"哪怕就说一个字。"

从白色的走廊里飘来一些声音。我神经似的走到抽屉和碗橱旁边，看看里面有没有什么东西能弥补我的不确定。我把抽屉拉了出来，把所有的东西倒在地上。里面乱七八糟的我看不懂。有一本《圣经》。几条叠得很整齐的裤子。秋衣。一叠皮筋扎着的信。若干个发卡。一本夹着收集的邮票的《凯尔斯经》^②。信件我不想去读。还有一幅男人播种的画，笔法很稚气。我们爸妈的一张照片，是很久以前的，他们一起站在尼尔森纪念碑前。爸爸夹着支雪茄，妈妈

---

① 美国流行乐手、钢琴师。
② 也译为《凯兰书卷约》，在公元 800 年左右由苏格兰西部爱欧那岛上的僧侣凯尔特修士绘制。这部书由四部《福音书》组成，语言为拉丁语。这是有着华丽装饰文字的手抄本，每篇短文的开头都有一幅插图，总共有两千幅，被誉为"世界上最精美的书"。

帽子上还挂着丝网。还有一份等着最近大选消息的报纸。一个玛雅人的玩偶。我盘腿坐在地上，对于另外一个人的生活非常失望。我没有找到自己要找的东西。

我又挪到床尾去。她的脚已经发青了。我开始慢慢搓揉它们。我记得我们小时候，很小的时候，什么都不懂的时候，站在丰收的田地里，把金凤花捧到对方的下巴边上。我想看看她的脚能告诉我一些什么。按摩了一会儿，我觉得我看到她歪过头来笑了一下，可是又不是很确定。我不知道为什么，我竟然想把她的脚放进嘴里。这似乎很暧昧，可是我就想这么干，也不怕被别人误会。"听着知更鸟的歌声，躺在慢悠悠的水面上，那河水载着我们缓缓漂移，只看到蓝天高高在上，人人都沐浴着爱，和我一起漂在慢悠悠的河上。"当我俯身亲她的脸的时候，她含糊地咕哝了一句，下巴上蹦出一点唾沫星子，真的是形容枯槁。

我走到窗户边。远处，在停车场上，我看见了迈克尔。他头向前趴在方向盘上睡着呢。两位修女从乘客座那边的窗户看着他，很是好奇，手里面还端着一杯茶和点心。我终于回过神来。我看着他，回想起这几天来的经历。那似乎逝去已久的情感现在又鲜活起来。我知道，在那里和这里之间隔着一片海洋，中间海浪滔滔。我看着他。那些美洲狮牙齿围在他的脖子上。我想要辆自行车，篮子里装着红杉苗。我会骑着它暴风骤雨般地穿过一片积水地带。我会留下来。我知道。等到她康复了，我就会到魁北克去爬山。可是我得先做完手上的事。

　　我笑了，离开窗户边，俯身靠向布里吉德，悄声问："姐姐，你把我的黄袜子都放哪儿啦？"

恩里克的早餐

　　我认识的老一辈全是起早摸黑的。他们一般早在太阳出来之前就摇曳着小船，到海上去钓海鳟和黑线鳕，上午过半时就已经带着装满鱼的巨大塑料桶回来了，等着我们去收拾。他们大口大口地抽着没有过滤嘴的香烟，大手在斑驳的胡须上捋过。一个个老气横秋，其实年纪未必很大，可是却已头发稀疏，眼神如大海般深邃。等称完重，他们就会像海鸥一样蹒跚着，慢悠悠地踱回自己的船上，那些乱七八糟的渔网和绳索一点也不妨碍他们的步伐。他们从来不跟收拾鱼的人说话，给我们一种无声的漠视。我觉得他们就是看不起我们细细的胳膊。

　　我早上满脑子都是他们的身影，每当太阳透过窗帘照进来的时候就开始了。这光就像一位穿着防雨外套的渔夫，钻进来探寻着裹在被子里的恩里克和我。

　　今天进来的光有点不一样，更老，手腕更粗。他从缝隙里直闯进来，风尘仆仆地躺在了床头板上。见鬼！不知道地球少了你们都转不动了吗？恩里克蜷成一团，弯曲的背部和蜷起的双腿紧紧贴在一起，形成了完整的棒槌形状。他的脸上长满了毛，下巴上也满是纷乱的短胡茬。眼睛有着明显的黑眼圈，白色 T 恤上还留着昨天意大利面的痕迹。我凑过去用嘴唇抵住他的脸颊。恩里克稍动了一下，我注意到他枕头上有一圈血迹，应该是昨天咳出来的。起床吧，两个懒货。我摸了摸他的额头。即便是睡觉，那里也是汗津津的。

我光着身子从床上坐起来，两脚套进了拖鞋里。地板冰凉，我很小心地迈开步子。昨晚我打碎了一个装钱的果酱罐子。亮晶晶的玻璃碎片满地都是。我走到窗前，恩里克对着枕头不知嘀咕了一句什么。窗帘叮叮当当的，发出像冰块撞击一样的声音。老渔夫的亡魂可以从这儿直接跳到马路上去了，高兴的话，他们的骂声也会灌满整个房间。这儿他妈怎么这么乱啊？你上班迟到了，臭小子。今天可没吹雾角。海边一堆鱼等着你呢，蠢货。

我们的窗户对着一个停满了车的陡峭山脊。今天早上更是连头搭尾的一辆挨着一辆。司机们都把方向打到了一边，这样车子就不会顺着山坡朝海里冲下去了。两个礼拜前恩里克和我把我们的车以两千七百美元卖给了一个柠檬色头发的家伙，可现在那笔钱已经一分不剩了，只剩下一袋袋的药和一点点可卡因。昨晚我把最后一点白粉也放在他肚皮上了，可是他出了一身汗，差点就吸不成了。

我看了眼通往熟食店的路。街上的路灯散发出苍白的光，无精打采地洒在房子上，落在铁铸的栏杆上。我最喜欢这条街的地方是家家户户都在窗户上安置了花盆，花花绿绿的一派地中海风情。门也都是五颜六色的。窗帘一大早就打开了。对面的三楼有只猫，浑身乌黑，却裹着一条大花手帕。它永远都偏着头蹲在窗户上，哈欠连天。有时我会带回点海鳟鱼，放在那房子的门口。

我用手抱住自己，从落地窗走了出去。海面那边吹来阵阵凉风，咸咸的，还有新鲜的酵母气息。已经有渔夫回来卸下他们的猎物了。包利肯定又在挠头了。奥梅亚拉今天早上又没来吗？他们会问他，他又捡到宝啦？其他三个收拾鱼的家伙就会看着墙上大钟的分针一圈一圈地走着，机械地翻动手里的鱼尸，嘴里不停地诅咒。他们的塑胶手套上沾满了鲜血。脚下堆着一团团的内脏。这混蛋迟到也不是新鲜事儿了。

我本该赶紧套上那条旧牛仔裤，冲出去拦辆出租车的，或者狂奔着去追电车，或者骑着那辆破自行车爬高下低地冲向货栈，可是今天的日光很奇怪，又沉又懒，所以我就不想动了。

恩里克又在里面咳嗽了，唾沫喷在了枕头上。听起来就像山崖边上的海豹扑打着要爬上加利福尼亚海滩时的声响。他瘦削下巴上的皮肤蜡黄蜡黄的。看他倒在床上的样子，我想起一次从班特里海湾①边上的家乡带来的长脚秧鸡，不停地用发黑的翅膀拍打着笼子想要出去。

他一会儿就会醒了，今天也许能有精神坐起来，看本小说或是杂志什么的。我弯腰从地板上捡起了最大的一片碎玻璃。墙上留下了一个大口子，是我昨晚扔果酱瓶砸的。这招可真聪明，奥梅亚拉，不是吗？我在地上找到了从破罐子里散出来的两个二十五美分和几个十美分硬币。地上还有一个爱尔兰的五分硬币，一个时空错乱的记忆。

我甩掉手指上的一颗碎玻璃，恩里克在床上翻了个身。他的体重一直在降，现在瘦得就像猎鹰的蛋壳。再过几天他身上的床单就连褶皱都没有了。我进了卫生间，冲水槽里撒了点尿。恩里克常说那个高度更好，而且不会溅到座椅上。不是很卫生，可是有种奇怪的快感。镜子里我的眼睛满是血丝，而且我还发现自己下巴上的肉已经很松了。洗脸的时候，还能闻到昨天的鱼腥味。只剩最后一块肥皂了，龙头里的水满是铁锈。回到卧室，我穿上牛仔裤，结果又找到了三块钱。我看了看表，再迟到一个小时也没什么区别。我的外套挂在床头的柱子上。我俯身对他说我一会儿就回来。他一动也没动。啊，难道不好吗，奥梅亚拉？出去为恩里克买个早餐。

---

① 位于爱尔兰西南部的科克郡。

一阵顺风推着我走下了停满了车的大街，穿过一排树苗，跨过一幅小孩子跳房子的粉笔画，到了熟食店。看店的是贝蒂。这个社区小店可有些年头了，黑白相间的地砖棱角都磨没了。贝蒂是个大块头的黑发女人——恩里克有一次嘲笑她都足够单独配一个邮政编码了。她通常穿一件大圆领的背心，手臂下面挂着一些大布片装饰。这要是搁在别人身上会显得猥亵，可是在她身上却很般配。镇上另一头靠近城市之光书店①的地方，每天都有个大嗓门在那里大声招揽人们去看"汗湿贝蒂"，我从来都没胆儿进去看她站在霓虹灯下咯咯浪笑的样子。贝蒂这个熟食店的通道是她靠很霸道的方式争取来的，是她用自己的屁股顶翻别人的薯片摊子得来的。她切的火腿片厚得跟她的小指一样粗。我进去的时候门铃响了一下，她从收银机边抬头看了一眼，合上了手里的报纸。

　　"殖民地的野孩子来啦，"她说，"着什么急呀？"

　　"上班迟到了。只是来拿点小东西。"

　　"还在那个屠场做？"

　　"是货栈。收拾鱼。"

　　"有什么区别。"她的笑声震动了整个铺子。白色外套胸前的

---

① 垮掉派诗人劳伦斯·费林盖蒂 1953 年创立的文学书店，曾经是艾伦·金斯堡和杰克·凯鲁亚克的"家"、"垮掉的一代"的大本营、"反叛文化"的路标，如今仍是旧金山的著名文化景点。

流苏一阵乱跳。她的牙齿又大又白，可是我发现她的指甲被咬到肉根了。门铃又响了一下，进来了几个亚裔老人，后面还跟着一个男的。我认出他是盖瑞大街上一个酒吧的招待。贝蒂跟他们一个个欢快地招手。

我攥着自己手里的三块八毛钱在货架间来回地看价格。咖啡是想都别想了，篮子里的那些羊角面包也不行，一块钱一个呢。不过苹果馅饼可能还能对付。走到食品架边，我不由得记起了另一顿早餐——爱尔兰郊区厨房出产的香肠和火腿片。一架慢悠悠的风扇将所有的烟都吸走，塑料杯子里装满了橘子汁，牛奶上浮满了玉米片，布丁粒儿在有缺口的白碟子上摆成一圈，炸土豆和吐司上涂着黄油。收音机里传来盖伊·伯恩[①]的声音，妈妈穿着大花围裙站在炉子旁，看着蒸汽从茶壶里升起。后来，我骑着蓝翎[②]在科克大学上课的日子里，早餐就是外套口袋里的一根维他必克斯[③]。有一次，我跟恋人到索萨利托去的时候，拿香槟和草莓当早餐，结果他的胡子还塞牙了。

我伸手在熟食店的冰箱里拿了一小瓶橘子汁、半打鸡蛋，又从水果架上拿了两个橘子、一个香蕉，然后又夹了个法式长棍面包在

---

① 爱尔兰六七十年代著名电台、电视台节目主持人。
② 19世纪创立于英国诺丁汉的自行车品牌，至今仍是国际著名商标。
③ 由英国 Weetabix 有限公司生产的全谷物早餐饼干。

腋下。家里还有黄油和果酱，也许还有些袋泡茶。贝蒂卖的散装烟是两毛五一支，我跟恩里克一人两支就够了。明天晚上，等我从货栈领到了工资——包利肯定会很郁闷地低头看着那些支票，有些老渔夫也会在船里不停地咳嗽——我会去买点排骨和蔬菜。不过也买不了多少。恩里克一直在苦苦地减少食量，我们床边的那只蓝色塑料桶可真是个丑陋的摆设。

我把要买的东西推到收银机边上。贝蒂瞄了我一眼。

"你家的病人怎么样了？"她问，"这几个星期都没见过他，也没听到他的消息了。"

"还躺在床上。"

"好点了吗？"

"好像没有。"

她摇了摇头，�’了下嘴。我伸手到口袋里摸零钱。"能给我拿四支烟吗？"我问。

贝蒂伸手从头顶的万宝路烟盒里拿出烟，排在柜台上给我，"算我请的，"她说，"可不要一次抽光了，宝贝。"我衷心地感谢了她，迅速把烟塞进了衬衫口袋里。贝蒂伏在柜台上摸着我的左手说："跟你们家那位说，过几天我还想看看他可爱的阿根廷小屁股呢。"

"他过两天就会起来的，"我说着，把买的东西塞进一个白色的塑料袋子里，挂在手腕上，"再次谢谢你的烟。"

门"咣当"一声在我身后关上了，大街似乎宽敞了许多。哪怕一点点善意也会给人慷慨的希望。二十支烟足够让一个男人快活一天了。我笨拙地跳过那些粉笔画的房子——不跳房子已经很多年了——然后就坐在人行道边上，夹在一辆坤宝和一辆橘色的皮卡之间，点着了烟。顺着大街看过去，可以从车顶上看到我们家的阳台，可是没见着恩里克的影子。

＊

昨晚看着可卡因差点被汗水融化掉，他简直都快哭了，可是等我从他肚子上刮下一点来放在镜子上时，他又推开了，把脸转向了墙壁，盯着那幅他在巴拉那河[①]的照片看。照片早就褪色了，四边全都黄了。照片抓拍到了他在船里后仰着、手上的桨正要击入水面的一刻。我看着它就有种说不出的感伤。他已经有一年没有靠近过任何河流了，也有一个月没能走出这间屋子了。

我们在房子里铺开了睡袋，把它们当被子用。电视机放在了当铺的橱窗里，旁边是一把猎弓。信贷基金早已用完了，可是恩里克

---

① 南美第二大河，起源于巴西，流经巴拉圭、乌拉圭和阿根廷，上游连接巴拉圭河，下游汇合乌拉圭河和拉普拉塔河，然后入海。

还喋喋不休地在怪我没给他父亲打电话。做保险的人就这么彬彬有礼，还百折不挠。有时我脑海里会浮现出一幕场景，一个火地岛^①的男人伸出双臂，朝着在红色的空中展翅翱翔的秃鹰^②祈祷，问他的儿子究竟去哪儿了。当然还有那个同样忧心忡忡的母亲。

恩里克有时会跟我说搬到南美大草原去。他脑子里经常想象着我们一起在牧场的房子边上搭起木篱笆、东北风吹得牧草波浪起伏的情景。傍晚，我们一起远眺着太阳在远处的风车后面落下。

他常常会在深夜醒来，含糊不清地喃喃自语。描述的总是一个景象。他小时候总是跟朋友一起在父亲的牛场上狂奔。他们会在湍急的河流里竞赛，逆流而上，谁能在原地待的时间最久谁就赢了。有时他就一直在那儿站着，在激流中保持不动，全神贯注，浑然不知伙伴们已经被冲到下游去了。比赛完之后，他们会站在河里徒手抓鱼，然后点起篝火烤鱼吃。我当初刚到货栈打工的时候还是恩里克教我怎么收拾鱼的呢。只要一根手指伸进去一划拉，所有的内脏就全掏干净了。

打蛋的时候我是一定要加点牛奶的，然后拿叉子贴着碗底拼命

---

① 又名大火地岛，是火地群岛的主岛，东部属阿根廷，西部属智利，面积 47 992 平方公里。
② 南美智利、阿根廷等国以秃鹰为神鹰，在金币上印有它们的雄姿。

地搅，这样煮熟后就不会有一丝一丝的蛋白了。我妈妈的早餐唯一的缺点就是总有长长的蛋白丝。厨房很小，只够一个人转身的。我把长面包放在案板上切片，然后涂黄油。烤箱要费半天劲才会热起来。我同时在煮开水，放了些茶包在葵花图案的马克杯里。

我听到恩里克起了床，慢慢地移向窗户。一开始里面的声响吓了我一跳，接着我很高兴他醒了。希望他不要被果酱瓶子的碎片划破了脚——医生说他这个病拖得越久，任何出血伤口愈合得就越慢。烤箱上时钟的玻璃面蒙了一层的水汽。你又迟到了，奥梅亚拉，你是在扯玫瑰花瓣①吗？我剥了个橘子，一瓣一瓣地摆在碟子上。还是又在打手枪，奥梅亚拉？我听到收音机打开还有椅子拖动的声音。希望他在衣服里面裹了条围巾，否则他会着凉的。

要是刚才站在大街上便看到他就更好了——坐在那儿，望着白茫茫的城市，他的头发乌黑，像海草一样散开，杂乱的胸毛从胸口一直蔓延到脖子上。他的脸瘦得像刀削过一样，下巴上的伤疤就像波斯地毯上的绳结。

鸡蛋膨胀起来，然后慢慢凝固，贴在了平底锅上。我用叉子把它们刮下来，又在两个碟子上各放了一团果酱。我还把面包也稍微烤了烤，水还没烧开。水真是个奇妙的东西。它的分子高速地相互

---

① 指犹豫不决时靠扯花瓣来决定的拖拉做法。

撞击，传递着能量，既能发热也能吸热。要是我们人也可以这样就好了。在货栈里做事的时候，我常想些诸如此类的愚蠢的事来打发时间。外面还有很多排着队等着来收拾鱼的人呢，懒货。我把面包放在第三个碟子里等着。等到水终于开了，我把它倒到茶包上，小心不让提手的小纸片跟着掉进杯子里。然后我用双手把三只碟子合成一个三叶草形状——遇见恩里克之前我当过招待——指尖扣住两只杯子的把手，把它们端了出去。

　　房间的门虚掩着，我用左脚把它推开。门吱扭一声开了，可是他在椅子里并没有回头看。可能外面的车流声太吵了吧。我看到他咳嗽着，把痰吐进花盆里。之后他又靠回到椅子里。现在外面有点灰蒙蒙的了，太阳被云给挡住了。旁边的桌子上，我看到了一堆破碎的果酱瓶碎片。枕头也被翻了过去，看不到血迹了，可是在床单上还是有一缕零散的黑发。二十七岁可远没到秃头的年纪。

　　我尽可能悄无声息地穿过房间。他现在仰头靠在椅子上。落地窗的窗帘碰了一下我的腿，帘子上的风铃叮铃铃响了。我悄悄走到椅子后面，俯下身把茶递给他。他笑着接了过去。他的脸莫名地沧桑，两眼之间有道深深的皱纹，两道眉毛越发浓厚了。我们亲了一下，他吹了吹茶，杯子里还热气腾腾的。你他妈的戴着那该死的手镯干什么，奥梅亚拉？

"我还以为你已经走了呢。"他说。

"马上。"

"嗯。"

"我觉得还是吃了早饭再走。"

"太好了，"他伸手接过盘子，"我不知道……"

"没事。能吃多少吃多少。"我把自己的碟子放在阳台地板上。扣住了衬衫扣子以抵御寒风。汽车在下面的坡路上吃力地爬着。几个年轻人占据了那个跳房子的场地。海边吹来的微风极度凉爽，沙沙地刮过树梢。恩里克噘了一下嘴，似乎想说什么，结果只是张了张嘴，又盯着大街看了，嘴角咧出一丝微笑。他颧骨上堆满了胡茬，眼睛下面的眼袋颜色也更深了。

"我还有几支烟呢，"我说，"贝蒂给我的。还有橘子汁，你要吗？"

"棒极了。"恩里克用叉子小心地压着鸡蛋，挪动着周围的橘子瓣。然后又伸手拿了片面包慢慢地把硬皮扯掉。"好天气，是吧？"他说着，突然挥手指向大街。

"漂亮极了。"

"收音机说最高温度有十五度呢。"

"坐着发呆的好天气。"我说。

"今晚最低五度。"

"我们会睡个好觉的。"

他点点头，在椅子里轻轻挪动了一下身子。一小片面包皮掉在了他睡衣的衣襟里。他伸手捡了起来，放在盘子的一边。"鸡蛋真不错。"他说。

"真希望今天不用去上班。"

"我们可以坐在这里聊一天啊。"

"是可以。"我说。

我坐在那儿看着他拿叉子围着盘子打转，可是他的眼睛却已经闭上了。那杯茶还在地上，就在他椅子的边上。他把头靠在椅子上叹了口气，胸脯像小鸟一样急速起伏着，眉头一堆的汗珠。我看着他手里的叉子慢慢滑下，划过盘子，停在那团食物边上。看着楼下流动着的交通，我突然明白我们，恩里克和我为什么有身处逆流的感受了。楼下的交通日复一日地流动着，想把我们一起带走，可是他却一直在舞动着双臂击打潮流，想要停住不动，想要待在原地。我坐在那儿，看着他昏昏睡去，早餐也慢慢凉了。

过一会儿我就要去上班了，掏空他们塞给我的所有的鱼，可是现在我只是看着恩里克的身体，看着这个满是汗味的屋子，看着这种氨基酸的表达式①正在慢慢被销蚀。

———————————————

① 指汗水的味道。

恩里克曾经跟我讲过一个海星的故事。

从前，在布宜诺斯艾利斯海边有个捕牡蛎的渔夫。他每天只是在自己的一小片海湾里打鱼。他没有学过前辈们的告诫、花招和迷信。他只知道海星会吃牡蛎。当它们被渔网拖上来的时候，他把它们拿下来，把它们五角星状的身体撕成两半，扔到渔船的两边然后接着捞牡蛎。我想象他一定是个一脸大胡子、骨瘦如柴却笑口常开的家伙。他不知道的是海星被撕成两半后并没有死，它们会各自重新长好。所以他每撕一个就会又多出一个来。后来他想不通为什么海星越来越多，可牡蛎却越来越少。直到别的渔夫告诉他，他才恍然大悟。从那时起，这个渔夫就不管海星了，虽然他本可以把它们带回岸上，扔在礁石上；或者扔到码头上的不锈钢垃圾桶里，放学回家的孩子们就会拿它们当石头扔。

现在，我就时常莫名其妙地陷入这样的胡思乱想之中。比如想象着老渔夫的亡魂溜进货栈，嘴里叼着香烟站在我身边。他两只大手里攥着的是两只很大的海星，兴高采烈地对我说："奥梅亚拉，看看这个，上帝啊，你明白这是什么玩意儿吗？"

装满墙纸的篮子

　　有人说他在四十年代时是个恋童障碍病者。因为这个苍白瘦弱的男人在爱达荷州大山里的日本人营地被关过很久①。人们争论不休的是他侵犯的到底是男孩还是女孩。后来他为了逃脱罪责才躲到爱尔兰。一些老一辈的人常常趴在酒吧柜台上为他发明新的无耻罪名。他们说，在日本，他曾经用电线勒死美军飞行员，拿剑祭祀般一刀刀地剐杀年轻的海军陆战队员，用放血来折磨他们。他们说他长得就是那样一副嘴脸。乌黑的眼珠深陷在颧骨上方，一张嘴看不到丝毫血色，右眼边上还有条细细的疤痕。连女人们都起劲地给他杜撰神奇的身世，说他是天皇的第四个儿子，或者是个诗人、将军，集百千宠爱于一身。而在我们这些上学的孩子眼里，他本是个神风队飞行员，不过临阵吓破了胆子，抓了个降落伞逃命了，后来

---

① 1942年珍珠港被袭击之后，美国对国内的日裔（包括持有美国国籍的）实施集中管制，强迫他们迁徙到内地去，以避免他们向日军传递情报。

被凶猛神奇的海浪给冲到我们这个穷乡僻壤来了。

他在沙滩上走路的时候，总是低着个头，不时弯腰捡块石头收藏起来。我们有时候会躲在沙丘后面，或者藏在蒿草里偷偷监视他。他的裤袋里装满了石头。他经常不停地走，沿着海岸一走就是几个小时。海鸥在海上盘旋，远处渔船的小小身影在海浪里颠沛沉浮。十二岁那年，我看到他在沙滩上蹦跳着前行，而五十码开外，一只海豚时隐时现。有一次，保罗·赖安拿了块砖头包了张纸条扔进了他的小木屋。他的房子在我们村子中间，是一排十五栋小房子中的一个。纸条上写的是"小鬼子，滚回老家去"。第二天，我们看到那扇窗户用墙纸糊了起来，而保罗·赖安放学回家时鼻子下带着血痂，从此我们没法从前面的窗户偷窥奥索伯了。

奥索伯大概是五十年代来的爱尔兰，那时我还没出生呢。他那副模样在爱尔兰任何小镇上出现肯定都引人注目：黑漆漆的头发像松针似的直立着，一双眼睛总是藏在褐色帽檐的阴影里。他从一个外乡人手上买了栋小屋，那是个只有两个房间的房子。当时房主还以为他只能待上一两个月的。可是，据我老爸说，那年夏天有一辆巨大的卡车来到了木屋面前，卸下了一卷卷的墙纸。奥索伯带着两个健壮的都柏林人把墙纸一卷卷抬进了屋子里。后来，他在窗户上打出了一个广告："出售墙纸——详情内洽"。于是有传言说日本某地的墙纸遭窃了，而它们又以荒谬的价格被进口到了爱尔兰。这下那些爱尔兰的批发商要倒霉了。起先一个月，这摊生意无人问津。后来我的婶婶莫伊拉开了个头。我婶婶曾因跟布兰登·贝汉[①]在都柏林的酒吧里一起烂醉而名噪一时。她敲开他的门，为自己的客厅订购了粉红色的墙纸。

奥索伯骑着自行车沿着小河来到了她的家里，带着一卷卷的墙纸，还有一只篮子，里面装着若干糨糊、小刀、刷子等等。尽管人们在外面指指点点，可我婶婶说他的活儿干得很漂亮。"他从那时到现在一直都是这么一竿子打不出个响来，"婶婶跟我说，"安静得跟个老房子似的，我们最好随他去吧。他是个好人，从来没害过任何人。"她对周围那些流言嗤之以鼻。

到我出生的时候，他已经在我们那个镇上牢牢扎下根了。跟那个西装口袋里插着白手帕的当地报纸编辑，还有那个没收了所有不小心掉进他们家后院的足球的小店主，以及那个在西班牙跟弗朗戈打仗时失去右臂的老兵一样让人见怪不怪了。走在大街上，人们也会一个个跟他点头打招呼，可是在加夫尼的酒吧里，他还是只能独自饮着自己的吉尼斯黑啤。他的墙纸业务很红火，可是要是我们那里的零工基兰·奥马利生病了的话，他也会被招来疏通马桶、修修变形的门什么的。又有传言说他偷偷在幽会某个戈尔韦的女孩，一

---

① 布兰登·贝汉（1923—1964），爱尔兰诗人、作家，曾参与爱尔兰共和军活动。

个穿着有三个袖子的衣服到处晃荡的女人。只是这个传言跟其他传言的可信度一样低——甚至更低，因为从来也没见他出去过，连骑自行车都没有。

他讲英语有点磕巴，在商店里买东西的时候，他总是低声地要一盒香烟或者一瓶果酱。礼拜天的时候，他一定会摘掉自己褐色的帽子。大街上女孩们见到他就会发出一阵咯咯的笑声，因为他总是撑着把红色的日式太阳伞。

我十六岁的时候，他在前窗又打出了个广告，要招一个贴墙纸的帮手。那年夏天很热，地皮都被晒得焦干。地里面没收成，也就不需要零工了。我爸爸在饭桌上总是抱怨那些潮水般的移民抢了他的生意。"大家都跑出来受死了，"他说，"连那个可恶的海因斯太太都出来讨生活了。"一天晚上，我妈走了进来，坐在我的床边，紧张地绞着自己的手指。她压低嗓子说我该去给那个日本人打工，说我也长大了，也该为家里挣份口粮了。我注意到，她做的面包里再也没有葡萄干了。

第二天早上，我穿着件蓝色的羊毛套衫和旧工装裤，偷偷来到了奥索伯的房前，敲响了他的门。

小木屋里堆满了一卷卷的墙纸。它们占据了房间里的大部分空间，把一张小木桌和两把椅子挤得快没地儿了。可是这些墙纸整体构成了一张奇特的拼图。鲜花和葡萄藤，还有各种奇形怪状的几何图形神奇地融合在了一起。而房间里的墙上则已贴上了几十种不同的墙纸。整个屋子里弥漫着一股浓重的胶水味儿。地上还坐着一排排用纸做的小娃娃，个个都是一副近乎滑稽的表情。里面还有一个老年哲人、一个年轻女孩、一个干瘦女人和一个士兵。角落里还有一堆日文书。书的上面有一碟面包片。地上到处是香烟盒子。壁炉架上放着的是他从沙滩上捡来的鹅卵石。我还看到屋子里到处散布着零钱和整钞，甚至连灯罩里也塞了一张二十英镑的票子。这时，炉子上的茶壶嗖嗖地叫了起来，他拎过来用瓷杯倒了两杯茶。

"欢迎。"他说。我手里的盘子开始打颤。"我这里的工作很忙，你愿意帮我吗？"

我点点头，啜了口茶，有点苦。他的手指很长，很纤细。他手腕上长了一些猪肝色的斑点。灰色的衬衫松松垮垮地搭在身上。

"那你回家去骑车来吧，下午我们开始干活。没问题吧？"

下午我们一起骑车去葛曼家的老宅子。那里已经空置三年多了。我们骑车向前，奥索伯一路吹着口哨，人们纷纷从车里、房子里好奇地盯着我们。他小心翼翼地在自行车前面的篮子里绑了五卷淡绿色的墙纸，而我则右手拎着两罐胶水，只用一只手扶着车的龙头。我看到保罗·赖安在学校边上游荡，嘴里叼着一支很长的雪茄。"你打手枪太多了，眼圈都黑了，唐尼利。"他大叫道。我把头压低到几乎趴在龙头上，赶紧飞驰而过。

葛曼老宅是三个月前被一个美国富翁买下来的。学校里的男孩们传言说这个美国人开着硕大的凯迪拉克，带了五个金发碧眼的女儿过来。毫无疑问，她们肯定会是当地舞厅的宠儿，这是干草堆后面喋喋不休的话题。可是我们骑着车到那儿时却没有人在。奥索伯从外套里掏出一串钥匙，指着那墙，慢慢穿过了屋子，身后掀起一溜烟尘。那天我们来回跑了五趟，每次都装满了墙纸和胶水。到那天结束时，我把一架梯子搬进了房子里。他拿出一张崭新的十镑钞票递给我。

　　"明天我们开工。"他说着，微微鞠了个躬。"你骑车很快。"他又说。

　　我走出屋子。太阳斜斜地照着小镇。我听到奥索伯在后面哼唱着什么。我跳上车，朝家里飞奔而去，口袋里揣着那张十镑的钞票。

　　那年夏天，我在自己房间里读书，同时期盼着奥索伯能把他非同寻常的故事讲给我听。我觉得我是想拥有他的某些东西，把他的故事变成我的故事。

　　我当时猜想，也许他有广岛的故事，有噼咔咚①的孩子们的故

---

①　自从广岛和长崎原子弹爆炸之后，很多日本人把它称为噼咔咚，即闪电（噼咔）之后巨大的爆炸声（咚）。

事，还有烧焦的电线杆和树干，一片水泥的废墟，只剩一个空壳的危房。大街上狂奔着血肉模糊的人。大田河①里漂满了浮肿的尸体。房顶上的瓦片汩汩地冒着泡。他朝坐在烧焦了的樱花树下嚼口香糖的美英大兵吐口水。也许，他还得到处寻找一个被炸变形了的姑娘，或者安慰一个脑壳被烧焦了的男孩。他的一位女性朋友从饮水的汤碗里看到了自己的影像，发出了经久不息的惨嚎。也许他在山里面不停地跑。也许他只是跋着木屐，端着个破碗，沿着小路一路乞讨。他的故事一定如佛陀地狱般惨烈，头顶还有B29轰炸机不断地扔炸弹。

可是奥索伯什么也没说。他只是站在那栋老宅子面前，动作流畅地往墙上刷胶水，嘴里轻轻地哼着小调。慢慢地，房子呈现出新的颜色。"肖恩，"他用滑稽的结巴英语对我说，脸上堆着笑容，"你会成为一个伟大的墙纸商的。你一定不要小看这活儿。你干得好或坏直接影响到人们的心情。"

午餐的时候，他喜欢买大瓶的克鲁伯橙汁和金谷饼干②，把后者撒到地上喂鸟。后来他买了台收音机，听到都柏林的流行音乐台就忍不住跟着扭起屁股来。还有一次，他逗我玩，把梯子搬走了，只留下我骑在一扇门上下不来。他小刀用得非常娴熟，切割起墙纸来

———————————————

① 流经广岛的河流。
② 二者均为爱尔兰当地品牌。

如行云流水一般。每天干完活儿的时候，他都会坐下来抽两支烟，最后的烟头会留给我尝两口。然后他就回到屋子里盘腿坐着，审视着刚贴完的墙壁，自我欣赏般点点头，满意地笑着，身子前后晃荡。

"日本什么样？"一天晚上骑车回家的路上我问道，掌心都湿漉漉的。

"跟别的地儿也没什么不同。还没这里漂亮。"他说着，挥手指了一下周围的天地山川。

"你为什么来这儿？"

"太久了，"他指着自己的鼻子说，"不记得了，不好意思。"

"你参加过战斗吗？"

"你问太多了。"

"有人说你当时在广岛。"

他大声笑了起来，拍打着自己的大腿。"对这些问题，"他说，"我从不回答。"他默不作声地骑了一会儿车。"广岛是个伤心之地。日本人从来不谈论它。"

"那你在广岛吗？"我又问了一遍。

"不，不，"他说，"不在。"

"你恨美国人吗？"

"为什么要恨？"

"因为……"

"你还年轻。用不着想这些问题。你应该多想想怎么把贴墙纸的工作做好。这才是正事。"

我们每天早上八点骑车到那栋老宅子。那里的草坪都干枯了。三楼的窗户被烟灰弄得黑乎乎的。收音机放起音乐来，整个房子里都可以听到。奥索伯干活儿时干劲冲天。下午天气热的时候，他就会卷起袖子来，露出肌肉结实的胳膊。一次，收音机里播报说日本发生地震了，他的脸色一下就变白了，喃喃地说这个国家遭遇了太多伤痛。

那时候的晚上，我开始跟伙计们在桥上闲逛，拿着偷偷截留下来没有交给父母的零花钱买几瓶苹果酒喝。我也开始自己买烟抽了。我读了很多关于二战的书，编造出一些新奇的谎话，说奥索伯就生活在日本南部那座挨过炸弹的城市里。他的家人就住在市政厅的墙根底下，炸弹一响，全都消失得无影无踪了。他当时在炸弹爆炸点的十英里开外，戴着大草帽，穿着肥大的工装裤躲在一栋房子里。爆炸后他被甩到了地上。等他醒过来时，整个城市已经被夷为平地了。他再也没找到过自己的家人。他们全都碎尸万段地散布在整个城市里了，残断的水泥柱子上常常挂有人体烧焦的碎片。不过他后来到全世界游荡，慢慢摆脱了这种痛苦，最终流落到了爱尔兰的西部。我的伙计们在桥下听得唏嘘不已，一个个把酒瓶子伸过来要碰一下。

爸爸妈妈有时候也会打听一下奥索伯的事。但都是旁敲侧击，从不明问。一般是趁我吃完晚饭，交出一天的工钱时随便来一句。

"挺奇怪的，那人。"我爸说。

"肯定有什么东西藏着，我猜。"妈妈会接口说，叉子还在嘴里碰着牙齿。

"有点疯狂的家伙，是吧，肖恩？"

"嗯，还不赖吧。"我说。

"有人说他在巴西待过一阵子。"

"谁知道啊，也许。"我妈先回答了。

"他啥也不肯跟我说。"我说。

其实我知道，他之所以到我们小镇上来，纯属偶然，没有什么十足的理由就待下来了。我有个叔叔在加纳，一个老哥在美国内布拉斯加州，还有一个远房表兄在澳大利亚墨尔本打井。这几位都没有让我觉得有什么特别的。奥索伯可能也就是他们那种人，一个倒霉的浪子罢了。只是这个真相实在是没劲。

我们那年在一起干了整整一个夏天。弄完了葛曼宅子，又弄了几栋其他的房子。我开始喜欢上一大早骑着自行车在小路上颠簸的感觉，也爱上了往墙上涂胶水的活儿，还有到桥底下在伙计们面前编故事的行当。我的伙计们有的在鱼排店做事，有的在帮别人打干草，还有的在高尔夫球俱乐部做销售。到了晚上，我就接着给他们讲奥索伯的故事。篝火照亮了他们好奇的脸。我们打着饱嗝，心满意足地坐在地上，陶醉于当时的骄傲和高兴之中。我对他们说道，随着火球在那个城市上空升起，他拼命往外逃。人们用血肉模糊的身体拽着米袋子往外跑。一个神道和尚在为死人念经超度，原先李树开花的地方现在疯长着奇怪的荒草。奥索伯衣衫褴褛，神情恍惚地离开了那个城市，喉咙和眼睛都像火在烧。

夏天快结束了，一天早上奥索伯打开门叫我过去。"活儿干得差不多了，"他说，"我们喝杯茶庆祝一下。"

他拉着我的手臂坐到房子中间的椅子里。我发现他又给房子重新贴了一遍墙纸。虽然那么多层了，可上面一个气泡都没有，每一条边都严丝合缝，也没流出一点胶水来。我都能想象出他哼着小调干活干到半夜、心满意足地看着新图案慢慢成形的得意样。屋子的其他地方简直就是一团糟——盘子、茶杯到处乱放，还有一把东方的扇子，包好的奶酪片，墙角卷着一个铺盖。桌子旁边的暖气片上落着一张二十英镑的钞票。桌子旁边的地上还有一张十英镑的钞票。他那顶褐色的帽子就挂在门上。刷胶水的刷子更是到处都是。

"你的活儿干得真不错，"他说，"你快开学了吧？"

"还有几个星期。"

"你还会来贴墙纸吗？要是我再找你干活的话？"他问。

没等我回答，他就站起来开门去了，放进来一只果酱色的小猫。它刚才一直在抓门。这是一只流浪猫。常看见它在鱼排店后面偷偷地转悠，等着捞点残羹冷炙。约翰·布罗根有一次想拿一张大网逮住它，可是没能得逞。它见谁都躲得远远的。奥索伯盘坐着俯下身，突然伸手过去，那架势似乎是要把小猫抓来虐待一番。但他只是把小猫抱得靠近了一点。这一连串的动作简直跟风车一样自然而又敏捷。他瘦瘦的胳膊围成了半个圈。猫咪盯着他。然后奥索伯突然迅雷不及掩耳地一把捧起了它，把它翻过来背贴着地，一只手把它按住，另一只手在它身上一路拍打下去。小猫把头偏向一边，发出喵喵的叫声。奥索伯高兴地笑了。

那一刻我突然对他和他的沉默产生了一种难以名状的痛恨。我痛恨他夏天单调的漫步，平庸的生活，我痛恨他就这么乏善可陈地进入我的生活。他本可以是个英雄或者先知的。他本该给我讲点难以置信的故事，让我终生难忘。毕竟，他是那个在沙滩上跟海豚赛跑的家伙，那个袋子里装满鹅卵石的家伙，那个会把流浪猫捧在自己手上的家伙。

趁他背对着我抱那只猫的时候，我又扫视了一下房间。我希望能找到一点线索，日记、照片、图画、勋章，任何能多给我一点他的信息的东西都行。我转过身，抓起暖气片上的那张钞票塞进了袜子，然后又飞快地把裤腿拉下来盖住。我坐在木桌边上，手控制不住地抖了起来。过了一会儿，奥索伯抱着猫转过身来面对着我，手依旧不停地拍打着那猫。他右手伸进外套，掏出十张十英镑的钞票来给我。"给你上学用。"我感觉另外那张二十英镑的钞票开始在我袜子里翻腾。就在我走向大门的几步之间，我差点没吐出来。

"你的活儿干得真不错，"他说，"有时间来看我。"

这时我才发现，我根本没喝一口他给我沏的茶。

那天晚上，我灌了一肚子的苹果酒，然后跌跌撞撞地离开那桥，沿着奥索伯所在的那排房子一直走。我从后面爬上了那房子，从篱笆上开始爬，我抓着一些花盆，踩着一辆老掉牙的独轮车悄悄把头凑到了窗口。他就在里面。手掌不断在墙上缓缓地做着弧形运动，抚平底下的胶水。我至少看到有五层墙纸在墙上，那墙肯定增厚了不止四分之一英寸。那一刻，我指望他能马虎一点，不要这么平整光滑，他的刀法能草率一点，可是他还是那么一如既往地精确和流畅。该死的是，他还一如既往地哼着那小调。我醉醺醺地站在那儿，晃荡着口袋里那二十镑所剩下的几个钢镚儿。

多年后，当我在伦敦东区练习英国腔时，收到了父亲寄来的一封信。家里的生意还是半死不活的，新一代的移民又留下了刺眼的伤疤。海因斯老太太还没蹬腿，新建的简易住宅就已经空了五套，连葛曼老宅都再次易手了。那个开卡迪拉克的美国男人和他的五个金发女儿从来就没来过。爱尔兰曲棍球队今年又一次输了个干干净净。今年干草大丰收了。

信的最后一页，父亲告诉我说奥索伯死了。尸体三天以后才发现。还是我婶婶莫伊拉拎了一篮水果去看他的时候才发现的。我父亲进他屋的时候，里面已经恶臭熏天了，他差点没吐出来。孩子们捏着鼻子在门外远远地窥视着。不过大街上流传着一件加夫尼酒吧里发生的盛事。当鱼排店老板拿着帽子走过大家面前筹钱举办葬礼时，人们纷纷慷慨解囊。我婶婶给他选了口上好的棺木，虽然有人说其实他未必高兴，因为在日本，人死了以后都是火化的。她断然否定了这一提议，还给奥索伯扎了花环。

葬礼前一晚举行了个聚会，聚会上的谣言跟各人酒瓶底的深浅一样各不相同，可是大家已经基本相信他是个广岛的受害者。所有在夏天为他干过活儿的男孩都对那个八月早晨的细节一清二楚。他跛着双木屐逃离了那座鬼城。他所有的家人都没了，一眨眼就踪影皆无了。他是个逃亡的人。最后，第二天早晨清凉的晨风中，我父亲总结了一下，最终的说法是奥索伯是个体面的人，不管他从前的历史如何。这么多年来他雇用了很多男孩，他对他们都很好，报酬不错，也从没向他们吐露过任何个人信息。他们最终只能笑笑他怪异的口音——他去商店买烟的时候，会倚靠在柜台上，低声说"庆给我来一盒祥盐"①。而他肩扛着梯子骑车经过的情景也必定会成为人们怀念的一幕。

可是，我父亲说，最奇怪的是，当他走进屋里去搬动尸体时，发现他真的很瘦小。我们那里的风俗是，一个人死在家里那么久，通常要把他的床单和墙上的墙纸烧掉。可是他拿着刀去剐那墙纸时，发现那简直有两英尺厚，外表却一点也看不出来。剐了一层又一层。看上去简直就像奥索伯要把墙不断地加厚。可能是挨了炸弹以后的心态吧。因为那墙纸是如此结实，我父亲和几位老乡最后不得不把整个房子都给推倒了，把奥索伯所有的家当都埋在了那片废墟里。房子里没有任何线索，没有信件，没有医疗记录，没有任何能够说明那个可怕时刻的证据。

现在想起来是有点疯狂，收到信的那晚我骑自行车绕着伦敦转了一圈。我漫无目的地到处狂奔，只顾着脚下拼命地踩踏板。我骑得血脉偾张，汗流浃背。自行车被我折磨得吱吱尖叫。我仿佛骑在一条爱尔兰的小路上——夏日长满青草的赭色小路，河边一个戴着褐色帽子的瘦削身影，一只宛如落日的黄色小猫，一堵慢慢膨胀的墙，一条蜿蜒崎岖、绵延不断的小路通往灰色的海滩，一条看不到头的路，一条不知通往何处的路，一条永远藏在我记忆深处的路。

① 此处原话为"请给我来一盒香烟"，奥索伯带着口音，就说成了文中句子的发音。

早上，我发现自己到了泰晤士河的下游——它灰光粼粼地流淌着。我掏出一张二十英镑的钞票扔进水里，看着它随波慢慢漂走，完全心甘情愿地顺着水流朝大海漂去。向死者致敬，也向他们的死亡和消逝致敬。

垂钓黑河上

一条黑黝黝的小河在威斯米斯小镇缓缓流过。河边围了好些个替儿子钓鱼的女人。他们的爸爸都在半英里外的一块空地上踢足球，身边也没有孩子。若有若无的叫喊声慢慢悠悠地飘荡在河面上，打断女人们的沉默。总共二十六个女人。她们在泥泞的河岸旁一字排开，甩开臂膀挥舞着手中的鱼竿，不断投下热切的期望。鱼钩上装的是新鲜面包。只见钓丝飞舞着，若干面包片齐射到水面，在那里停顿一下，然后在空中划出奇怪的线路——先是圆弧，随即翻滚着栽入水中。一块块面包团在水面上激起朵朵小浪花，圈圈涟漪碰撞着，温和地交融在了一起。

北极光慢慢给天空抹出了缕缕颜色，有的像人皮肤的苍白，有的是红酒瓶的深绿，还有镇上足球队套衫般絮絮的明黄。昏昏沉沉的云朵懒洋洋地飘浮着，慢慢吞噬了北方的华彩。一只牧羊犬趴在镇上唯一的酒吧前睡着了。大街上满是垃圾。

岸边的女人们均匀地保持着距离，这样鱼线才不至于缠绕在一起。康辛尼太太戴着一条画满矮脚狗的头巾。汪汪叫的小动物趴在满是灰白头发的脑袋上。她的指甲里塞满了泥巴，脚下的惠灵顿雨靴①也进了泥浆。她弯下腰来熟练地卷回没有鱼咬钩的钓线。每次重新抛钩的时候她都会噘起上唇，在脸上挤出一堆沟壑。她脑子里想的却是那个马尔什牧师，就是她做活儿的东家。他守足球大门是个什么样儿？镇上流传的笑话说他除了拯救灵魂啥也干不了。等再次把钩抛出去后，她又开始担心自己的丈夫。他是球队的右中卫，可是从前腿受过伤，现在一定疼死了。

她倚在高高的河岸上，心事重重，叹着气在空中又挥了一下鱼竿。

坐在她隔壁的是画家哈林顿的太太。她是个鲤鱼般精力充沛的人，正飞快地来回挥舞着鱼竿，简直跟钓飞鱼似的。她不断地扯下面包片，把它们挂到鱼钩上，投向那黑黝黝的河水中去。她的脚在河岸的泥巴里焦急地跺个不停。哈林顿太太的丈夫在足球队里充当的是左前锋，还指望着他能够临门一脚突破呢。可是其实大家都说——或者至少康辛尼说——这个摆弄颜料的人在球场上屁用都没有。这话一说出口大伙儿全乐了，可至

---

① 长筒橡胶靴，因英国惠灵顿公爵在滑铁卢战场上使用而出名，至今仍是英国人的生活必备品。

少他还算是个有求必应的家伙。他在跟县里随便哪个队打的时候都能上得了场。那些人可都是纵横驰骋、东奔西跑的年轻小伙儿。

康辛尼太太急躁地抓了抓前额。没有鱼咬钩，连影子都没见着，周围也没有一点捣蛋孩子的踪影。她卷起鱼线，看到一张蓝色的巧克力糖纸被一阵风卷了过来，漂在了河上。

那条牧羊犬从酒吧门口爬了起来，沿着大街上那排房子逡巡着，用鼻子在报亭外的垃圾箱里搜寻着食物。不知不觉降临的夜色里不时传来低沉的呐喊声。女人们每次听到哨声都会不由自主地抬起头来，期待着那是比赛结束的标志，这样她们就能收起钓竿，拎着野餐篮子回家了。

康辛尼太太看着对岸的海因斯太太。她脸上涂满了厚厚的脂粉，眼看着就要一块块掉下来了。金太太也在那边举着她那绘有图案的钓竿。麦克达德太太想了个新招，在面包里加了些葡萄干。奥肖尼斯太太手里挥来挥去的是一根细细的竹竿——难道她以为是在密西西比河上钓鱼吗？卑尔根太太因为关节炎犯了，脸孔疼得有些扭曲。她只祈祷自己的手指能够灵活一点，就像当初弹古董手风琴时一样灵活。凯利太太正拿一个精细的银瓶品尝着上等詹姆逊威士忌。荷根太太每次挥竿的时候手上的首饰就会晶莹地闪亮一下。多切蒂太太在往回收鱼线，一招一式就像叠衣服一样。亨尼西太太慢条斯理、一点一点地撕扯着一个布伦南面包^①。

远处的鹅卵石滩上，麦卡顿太太轻轻地哼着歌。漂流在舒缓的小河上，河水清又清，云雀在欢唱。她丈夫是足球队长，一个壮实的家伙。年轻的时候，他一场能进三个球。可是自打孩子们纷纷出走后，两年来这支球队一次也没赢过。

女人们在一起等着，挥动着鱼竿。

终于等到最后的长哨吹响了，北面的天空已是异彩纷呈。女人们慢慢地收起钓竿，把鱼钩扣在最后的固定孔里。她们相互看了看，忧心忡忡地点头致意。又是一个一无所获的钓鱼日。她们打开野餐篮子和午餐饭盒，把钓鱼的面包收起来，等着福特、科蒂纳和沃克斯豪尔还有欧宝卡迪斯等各式小车以及荷根先生的蓝色拖拉机来接她们。

丈夫们终于到了，身上青一块紫一块的，浑身是泥，更糟糕的是脸上又是一副被打败的沮丧，叼着烟管的嘴里不停地骂骂咧咧。浑身的老骨头都在咯咯叽叽地响。

康辛尼太太看着丈夫的汽车过来了，赶紧调整了一下头巾。她看到他停车前就已经侧身拉开车门了，于是赶紧低头钻了进去。她把鱼竿和篮子都放在了后座上，朝那些还在等待的女人挥挥手表示

---

① 爱尔兰著名商标之一，其黄色的蜡纸包装已经成为新鲜和饱满的象征。

告别，然后一把摘下了头巾。

"运气怎么样，亲爱的？"他问道。

她摇摇头，"连咬钩的都没有"。

车子向前驶去，她盯着那黑黝黝的河水怅然若失。总有一天，她要跟丈夫挑明，这种为儿子钓鱼的游戏一点用都没有。因为这条河根本就不是英国的泰晤士河或者澳大利亚的达令河，也不是美国的哈德逊河或法国的卢瓦尔河，更比不上德国的莱茵河。他们家儿子就在那里的汽车工厂里做事。他在方向盘上拍了一下，发出一声苦笑："去他妈的，我们的中场真的得找个新人来顶顶了。"可是她知道，他晚上还是会去钓鱼的，会偷偷地溜出去，来到河边，抛下没有希望的鱼钩。

兴冲冲，向前走

只要活得够长，什么问题都能解决，包括活着的问题。真该把这句话写在楼梯间的墙上，他暗笑着，踢踢踏踏地从公寓里老鼠般灰不溜秋的楼梯上走了下来。他走得很慢，褐色外套里厚实的肩膀前后晃悠着。粗大的拳头——上面布满了褐色斑点——仿佛是从袖口爆出来的，胸口斜袋里伸出一角洋红的方巾。还没走到三楼的拐角，他眉毛到粗呢帽之间的额头上就冒出了细密的汗珠。该死，他暗骂道，这套行头穿着真是太热了。

就在他下楼的时候——路过那片见怪不怪的粗鲁的涂鸦时——三个戴着黑色棒球帽的十几岁的半大小子回过头来，一手指着他，另一只手举拳冲向天空。他朝他们眨了眨眼，后者大笑，然后转身模仿他的姿势，互相在肩膀上击打起来。他乐了，掏出手帕擦了擦额头的汗。离楼梯间稍远点，一个女人拖着个装满花椰菜的口袋从他身旁走过，不停抱怨着糟糕的天气给蔬菜带来的破坏。他手指碰了碰帽檐跟她打了个招呼，然后又冲一个蹦跳着走过去的漂亮小姑娘优雅地鞠了个躬。小姑娘的手遮遮掩掩地藏在衣服底下，卷起的衣服下摆里藏了一排彩色蜡笔。千万别跟我说墙上那些乱七八糟的涂鸦就是她干的。

　　他在三楼停了一下，看了一眼那些大字：黑人什么时候学会走路的？下面答：白人发明独轮推车的时候。再下面：吃屎去吧，狗娘养的。这话真是莫名其妙，因为就算是坐在独轮推车前面也不是什么享受啊，更别说对他这样上了年纪的人来说了。不过，他曾经听说过，在一个很偏僻很偏僻的威克洛，有个古怪乡绅建造花园的时候，就让园丁拿独轮车推着他到处逛。他就坐在那该死的车上端着茶托喝茶。此人的理由是他被布氏杆菌感染过，就是一次被玫瑰扎了后又不小心把手伸进了熟马粪里。照那涂鸦的话来讲就是一坨屎。

　　他靠着栏杆在那里停了片刻，若有所思。这个词不是很奇怪吗？狗娘养的。真的很暴力。没有一点诗意。可这词儿在这儿却随时可以听到，真是太可怕了。

　　他自己就时常被人这样称呼，不是骂他，而是亲热的叫法。常常是在晚上的时候，在黑暗深处，就能听到有几个人在赌那个爱尔兰狗娘养的老家伙还能不能出拳。这些家伙真得挨上一两拳才合适，可是他也明白自己已经被当作话题很久了，他知道所谓狗娘养的，至少在那些黑孩子嘴里就是兄弟的意思。那些墨西哥人寡言少语，鬼鬼祟祟的。年轻一点的都两手插在袋子里，从来没说过，至少他从来没有听到他们说过这个词。倒是那些白人，用他们的话说就是那些垃圾喜欢恶狠狠地说这个词。

他再次抹了一下眉头，离开栏杆朝二楼走下去。

天哪，这么热的天要走到自动洗衣店去可真是够呛。一天比一天够呛，脚步一天沉似一天，身体却一天轻似一天。这歌真好听，他很多年前还喜欢唱呢。曲调很好听。毫无疑问，这个涂鸦大煞风景。一天比一天没有想象力，他哀叹着，在二楼自己最喜欢的格言前停了下来。不知哪个无赖在这里留下了一摊尿水。全世界妇女从压迫者的床上站起来……去做早餐。他举手碰了一下帽子向这条标语致敬。请给我上香肠和咸肉片，朱厄妮塔，再切一块你挂在炉子上的那块馋死人的布丁。等你洗刷完毕，把独轮车推出来，我们围着这个城市，这个全美所有污秽的入海口跳一圈华尔兹。他对自己暗笑道，要是朱厄妮塔听到这话不气炸了才怪呢。她一定会骑上车，离家出走直奔好莱坞。这辈子他都没吃到过她的早餐。以后也不大可能。虽然人很漂亮，可朱厄妮塔是个有脾气的姑娘。爆发起来七大洋的风暴望尘莫及。还有她那嗓门，简直是远近闻名。可是她的身形却又如此娇柔文雅。朱厄妮塔，那么的高远、飘渺。弗莱厄蒂，我的孩子，没时间在这里白日做梦了。

他捏着自己断过好几次的鼻子绕过了那摊尿迹，还在琢磨着到底是谁在这涂鸦之中写下了那句至理名言。那个随地大小便的家伙？不可能。还是那个把蜡笔卷在上衣里的小姑娘？还真是说不定——听说上星期他们已经开始在所谓的初级中学里安装金属探测仪器了。那里的孩子们嗑药已经出了名了，还真对得起这个名头。这个房子的另一头还有一个口号。枪炮和玫瑰。绝对无厘头。

他慢慢朝一楼走下去，又经过了一大堆废话。吃掉无家的人。约翰尼·X像匹马一样被吊死了。勒罗伊不是狗娘养的，是个探子。看来约翰尼·X没问题了。可是只要活得够长，问题都会解决的，包括勒罗伊在内。他知道，毒品是个可怕的东西。在很远的外地，"嗑药"意味着快活时光。可在这里不是。他见过当地的孩子——就是他教会出拳的那些男孩子——把自己的饭票交出去换一个小小的白色袋子。勒罗伊和约翰尼·X也许就在他们中间。虽然他脑子里的这些名字常常打架。

不过，有一个男孩他印象特别深——蒂伦·雅各布斯——他今晚要在麦迪逊广场花园开打。十二年前他教过蒂伦打拳。每天，那孩子都在后院里，在大太阳底下练得汗流浃背，黑黝黝的皮肤闪闪发亮。夹紧胳膊，小蒂伦，等待破绽，让出右侧，跳跃，出拳，攻击。躲开，跳跃，击中那个肩膀，虚晃一招。他停下来想蒂伦还记不记得他教的，人们会不会把赌注押在这个结实的身体上，押在那个他自己没得到的重量级金腰带上。一时间，他不由得想起一九三八年九月九日卡夫拉的恶战，还有芥末油的味道。那真是段酸楚的记忆。他冲空中挥了一拳，结果差点没从楼梯上摔下去。

他刚读了一首经典诗歌，有个人在深不可测的峡谷的羊肠小道上轻快地走着，那是个充满激情的峡谷。这不是跟现在的情况很像吗？他不也是独自从拥挤的社区房子里走了出来，走进了新奥尔良的阳光中吗？他拿帽子遮住眼睛四下看了看。一群女孩，其中一个大着肚子，伫立在鲜花店门口。他摸了摸自己褐色的收腰外套。天哪，它现在比上面那个七月的太阳都要烫，可是等他到了自助洗衣店，他还需要这件外套。这是伪装的一部分。

他认出了那个大肚子女孩身上那条荷叶边褶皱的蓝色裙子。那是几个月前朱厄妮塔说不喜欢的那条。一旦朱厄妮塔——她真的是有点过分讲究——不喜欢一件衣服以后，她就绝对不会再穿了。于是，上个月的一天，在给她买了一年的新衣服之后，他决定让那些旧衣服也派上点用场。他把它们交给那些还愿意穿它们的人。一天深夜，他偷偷摸摸地把那条裙子挂到了杰克逊太太家的门把手上。第二天早上，他看到那个老太太发现门把手上的漂亮衣服后，嘴都乐得合不上了，整个世界都要因为那笑容而焕然一新了。

继杰克逊太太后，朱厄妮塔的衣服开始不断出现在社区各家各户的门把手上。朱厄妮塔根本不在乎。她甚至都没意识到衣服少了。谁也不知道这是怎么回事。周围的人都需要这些衣服。现在到处都是玛莉安姑娘①，只是绿林已经被砍秃了，到处灰不溜秋的。

"早上好，杰克逊小姐。"他冲那个炉子里烤着面包的小姑娘点点头，也许不止一个面包呢，谁知道啊。两者皆有可能。她显然没想到他竟然知道自己的名字。于是他又笑了笑，还眨了下眼睛。"真是个好天气。"

"是的，先生。"小姑娘有点心慌意乱。

"花也很漂亮。"他指指窗台。

"是的，先生，很漂亮的花。"

啊，他可没想到会让她这么不自在，只是朝一个小天鹅般的姑娘眨眨眼睛罢了。他慢吞吞地离开了这家花店。弗莱厄蒂，好孩子，管住你的嘴巴，你这个蠢货。他总是让姑娘们不自在。五十年代他和朱厄妮塔在餐厅当过舞者。一天晚上，他们沿着利菲河散步的时候，看到两个男人遮遮掩掩地挤在商人门②的角落里。那时候爱尔兰还没有以同性恋而出名，所以他忍不住高声唱道：在都柏林的繁华里，男孩们是那么美丽，我第一次见到俊俏的迈克尔·马隆，他推着独轮车走过大街小巷，喊哑了嗓子喊破了喉咙。那两个人听到这个小曲怒不可遏，攥着拳头向他冲了过来。不过等他们看

---

① 英国传奇英雄罗宾汉的情人。

② 商人门（Merchant's Arch）是都柏林市中心利菲河南岸坦布尔巴（Temple Bar）区的一个特色入口。这一带保持了中世纪的建筑特色，是都柏林著名的旅游商业中心，聚集了很多酒吧和文化机构。

清他的胳膊，也许还记得报纸上登过他的照片——《晚邮报》配的标题是《响当当的拳师》——之后，两人扭头就跑掉了。朱厄妮塔很是尴尬，她本性就是那么温柔。她说不管一个人的性取向如何——不论是绵羊还是剪羊毛的人——都有权按自己的意愿生活。虽然朱厄妮塔身材娇小脆弱，那张嘴可是跟新鲜麦芒一样锋利。

他在红灯面前停了下来，回头一看，那可怜的姑娘还站在花店门口，苦等着玫瑰和那天长地久的承诺。最好哪天再给她在门把手上挂一件朱厄妮塔的外套。还要记着留一件给那个宝宝。可是，老天，什么独轮车、玫瑰——还有那可怕的狗娘养的——怎么一下子来这么多事儿？肯定是这鬼天气弄的，简直热得跟吃了墨西哥胡椒一样。朱厄妮塔肯定会这么说。她喜欢吃辣椒——比全天下、全世界最辣的胡椒还辣的辣椒——就跟一九三八年九月九号卡夫拉大战的芥末油一样火爆的辣椒。

他耳朵里充满了1-10公路上汽车的呼啸声，还有卡洛尔顿大街上电车的叮当声。他正站在宽阔的路边等着过马路。在这个国家要想安全地过一条马路，简直需要他妈的民用工程博士学位，还得有像赛马选手一样的好身手。约翰尼·X可能还凑合。他只能等那个小绿人——可不是大豆罐头上的那个小绿人——的出现。这时他觉得自己有点饿了，可我们还得往前走。"我们的前进，"就像一个美国诗人说的，"哪怕是最短的行程，也得鼓起未泯的勇气，永不回头。"可是梭罗①知道什么？他只不过是独自住在湖边的一栋小屋里。弗莱厄蒂，我的孩子，你读书读呆了，要是再不赶快过这该死的马路的话，那小绿人就要变成小红人，你就成死人了。老天，这还带押韵的。还是这大热天闹的。仿佛有个人在空中叫道：老棺材，韵脚什么的歇口气儿再说吧。

他穿过马路，停下来回头看看车流，又深吸了口气。现在的一口气儿可没有从前的一半了，好在自助洗衣店已经不远了，谢天谢地。兴冲冲，朝前走，脚尖顶脚跟，胳膊挽胳膊，一排排，大步迈向玛丽的婚礼堂。这是他最喜欢的一首曲子。也不知道这个玛丽是年长还是年轻，到底是什么来头。他唱着小调，解开了褐色外套上的腰带。这回朱厄妮塔会穿成什么样呢？碎花裙子？带流苏的粉红色上衣？还是跟杰克逊小姐一样的带蓝色荷叶边的外套？不，应该有更加天衣无缝的搭配。一定得是配得上她的。今天——一九九二年七月九日是个特别的纪念日。朱厄妮塔容颜依旧，她得配上最好的东西才行。

这时他看到一个头发染成粉红色而且跟受了电刑似的根根直立的男孩走过炸鸡店。这世界的头发怎么了？我小时候在利斯杜瓦那，发胶才两分钱一瓶。我们都是老老实实从中间把头发分开，把

---

① 梭罗（1817—1862），美国作家、思想家，超验主义创始人，代表作散文集《瓦尔登湖》和论文《论公民的不服从权利》。

头发擦得油亮油亮的。从舞厅回家的时候，一路上都能照出月亮的影子。

那似水的年华啊。他是坐着华盛顿号巡洋舰背井离乡来到美国的。当时他发誓一定要拿个重量级的世界冠军。那还是满世界牛癣头鬈发的时代，也是大萧条的时代。他记得当时失业的人一群群地挤在科夫港码头的油桶边上取暖，吃的只是鸽食一样的三明治碎块。真是艰难。可就算艰难，美国也还是值得一去的。哭哭啼啼的女孩们卖水仙花来攒钱买船票。男孩子们则爬到装肥料的拖车上，远眺着大海，梦想能够从那里远走高飞。暴躁的人群望着茫茫的白浪，看着大轮船发出逃难的哀号。他当时站在甲板上，唱着《爱尔兰，我爱你，阿楚斯拉莫克罗伊①》。脑海中回想的是他十五岁时就去世了的父母。母亲是个坚强的人，是个历久弥坚的美人，皮肤上镌刻着西部的沧桑。父亲是个美国人，在第一次世界大战的磨难中来到爱尔兰。他在这里学会了务农，愣是把贫瘠的戈壁变成了良田。多么勤勤恳恳、老实本分的人啊。

他站在卡洛尔顿大街边上，感觉到南面热浪滚滚而来。他拿外套袖子擦了擦额头。

---

① 爱尔兰语，意为我亲爱的宝贝。

他们留给了儿子一对大拳头。这对拳头打遍爱尔兰无敌手，甚至在野地里的非法拳赛也从未遇到过敌手。那天，他站在科夫港的船头，整个世界向他展开。在最初的八个月里，在纽约一些昏暗的大厅里，他打发掉了三个重量级的拳手。每个回合结束，他都会唱一首歌。后来，朱厄妮塔出现了。她跟着一个电影导演来看拳赛。当时就坐在第三排，头发蓬松，长得跟海带似的。当晚他就带她去了城里最好的饭店，她吻了他额头上被打破的伤口。

他在赛场上所向披靡。而在更衣室里，她为他按摩，就像其他女人捏面团一样。狗仔队记者立刻就嗅到了气息。一张他们俩交换结婚戒指的照片登上了各大报纸。他一身洁白的无尾晚礼服，她一身精美绝伦的塔夫绸，黑亮的头发里簪着洁白的鲜花。那是一九三八年九月九日大战之前的一个星期。要是他击败卡夫拉的话，他就能继续飞黄腾达了。都怪该死的芥末油，完全蒙上他的眼睛。朱厄妮塔也进了赛场，抚摸着他的头发，安慰他说没事。丹尼，事情会过去的，还有机会的。他的头发垂下来，遮住了自己的眼睛。

现如今，他的头发已经越来越稀薄了，不过他戴了顶水手帽来掩盖秃顶的地方。他正走在去洗衣店的路上。一二三。时光过得真快啊。忘记它，向前走，忘记它，好梦会成真。也是一首好歌。跟卡夫拉大战之后他还复出过一阵子，他跟记者叫嚣说，再来一次的话他一定能像巴迪·贝尔和黑色炸弹①那样把卡夫拉揍趴下。可是接下来他却在布鲁克林被一个无名小辈揍趴下了。阿楚斯拉莫克罗伊。我亲爱的甜心，老天爷，你能不能开个眼啊？兴冲冲，往前走。等不到我回家见朱厄妮塔太阳就下山了。

　　她带他去了好莱坞。那时她正拍电影呢。可人家不怎么有墨西哥女孩的戏。她虽然漂亮，嗓子也好听得不得了，简直就是个黄鹂，可他们还是跟她解约了。他们又站在了甲板上，乘风向东了。他们两一起在爱尔兰和英国乌烟瘴气的夜总会里唱歌。那里的客人们都穿着阻特装②，下流地舔着雪茄，目露凶光。后来，连夜总会也不景气了，一个时代结束了。他们又回到了美国，身体也不行了，可是靠着社会福利，倒也过得还算开心。那真是一百万年的好时光。他开始忘事了。那时候，时间过得快，真是乐不思蜀。忘记它，向前走。可是他妈的这怎么忘得掉，到底该怎么才能向前走？老天，这热气儿真是要把我弄晕了。向前，向前走。

　　"有人在屁股后面追你吗，弗莱厄蒂先生？"说话的是克拉伦斯·勒布朗，一个贼眉鼠眼的浑小子，瘦不拉几的两条腿上的裤子

----

① 两位重量级拳王。前者原名雅各布·亨利·贝尔，职业生涯57场比赛中52胜；后者原名乔·路易斯，是1937年到1949年的重量级拳王，被认为是最伟大的拳手。

② 上世纪40年代流行于爵士音乐迷等人中的上衣过膝、宽肩、裤肥大而裤口狭窄的服装。

晃晃荡荡的。他三十好几了，在社区里收租混日子。他又黑又细的手上捏着包烟，刚从便利店出来。勒布朗天天在墙上擦洗那些涂鸦。典型的市侩。上门催租的时候就数他最凶神恶煞了。

"追我？"弗莱厄蒂不解地问。

"你看上去慌慌张张的。"

"我得去洗衣店。"

"洗衣服啊？"

"是啊。"

"有意思，怎么没见你的衣服啊。"勒布朗眼睛里闪过一丝狡黠。

"我早上就已经送过去了。"

"那你可得小心点。"

"什么意思？"

"最近有人在那儿偷衣服呢。我敢肯定就是咱们这儿的臭小子干的。"

"这世道真是，到处都是贼。"弗莱厄蒂说，"你今晚打算看比赛吗？"

"偷了还挂在门把手上。"勒布朗自顾自地接着说。

"那些挨千刀的。这时节没一个鬼可以相信的。"他开始挪步，拳头也攥起来了。"蒂伦今晚在花园开战呢。"他把膀子抡圆在空中挥了一下，脸上笑吟吟地。

"我不懂拳击，弗莱厄蒂先生，"勒布朗说着，点着了支烟，"你要是看到什么特别的事就告诉我一声。"

"我会的。"

勒布朗走开的时候，他暗自骂道，狗拿耗子多管闲事。他把头缩进了自己的外套，感觉腋下的汗珠在不断滚落。街上的汽车轰鸣声充满了耳朵。他眯着眼睛小心地躲开了几个凹坑，热得简直快要晕倒了。恍惚中，他甚至好像看到自己的母亲在水槽边上俯身冲洗一件白色衬衫衣领上的血污。父亲在屋外的栗子树卜挂了个沙袋，大声叫骂着要他过去练习。朱厄妮塔头发往后甩，斜靠在麦克风上，眼睛深不可测。蒂伦在拳击场中不断地跳跃着。

他绕开几辆小车，颤颤巍巍地走在人行道上。他伸出舌头舔了舔嘴唇上的一滴汗珠，站住，看了一眼城市上空盘旋着的云朵，然后推门进去了。一进去洗衣机的嗡嗡声就扑面而来。粉红色的霓虹灯光一片片地洒在了他的褐色外套上。角落里的电视播着录像，一架飞机轰隆隆地着陆了。可乐机上贴着一张"故障停用"的大标签。他坐在塑料椅子上，嘶嘶地慢慢喘气。他摘下帽子，把它放在了旁边的椅子里，然后开始四下打量。

来这里的都是些有钱的女人。嗯，不一定很有钱，但至少比社区里的那些有钱多了。这里是一块钱洗一篮子。所有的机器都簇新锃亮，而揭开这些机器盖子的手也大多非常白皙。有些是大学生，开着樱桃红的敞篷车来的，都是些被惯坏了的孩子。他们一般都是把自己的衣服扔进机器里，然后过半个小时才回来。在另一个自助洗衣店里，社区东头的那家，洗一篮子衣服只要五毛钱，而且大家都待在机器边上，像鸟儿守着自己的面包屑一样看着衣服。

现在洗衣店里只有三个女人，两个在远处，埋头看杂志，还有一个——一个金发红唇、裤子花哨的女孩——正把一大包衣服倒进三号、四号和五号机的洗衣桶里。每次她从洗衣包里拿出衣服来，都要把它举到光线下仔细检查一下。她把一套床单、毛巾、袜子、T恤和内衣什么的都塞进了四号洗衣机，又拿出了一件男用睡衣、浴巾、一条满是破洞的利维斯牛仔裤和几条裙子。

很不凑巧，朱厄妮塔一件也穿不上。她一直是个很有格调的人，稍有点保守，但依然光彩夺目。她出现在拳击赛场的时候总是一身洋红。在夜总会里她是晶光四射的草绿。在海上来回奔波的时候，她就是跟海一样的深蓝。他又朝前挪了两步。朱厄尼塔，我的朱厄妮塔，我心爱的……哦，你看看那件！

女孩拎起一件透明袖子的白色衬衫。领子上还有一圈蓝色褶边。真是件漂亮东西。她皱了皱眉头，可能在想要不要拿去干洗。大小也正合适。他头顶上的电扇转了起来。他汗流浃背地看着她。她心烦意乱地想了一会儿，还是把那件白衬衫塞进了五号机器。他的心跳成了一串欢快的调子。他看着花哨裤子拿出一瓶昂贵的洗涤剂。瞧她那往里倒的架势就知道她真的有钱。她甚至根本不会注意到少了什么东西。她出门的时候连看都没看他一眼。

他回头看看，搓了搓手，舔了舔嘴唇。该我了。另外那两个人的头还埋在杂志里。这鬼地方闻起来跟医院一样。太干净了。墙上一句涂鸦都没有。不管怎么说，这就是没有灵魂。他开始哼调子：美丽动人的天空啊，我要向你倾吐内心的思念，今夜谁与我同醉？他轻轻地哼着。手会湿的，袖子也会沾上蓝色的洗涤剂，可是这有什么关系？朱厄妮塔喜欢就行。现在的问题是，关键的问题是，你有这个胆量去做吗？我就指望你了，其实很容易很简单。湿透的外套浸湿了衬衫。他咧开嘴笑了笑，一步步挪到了洗衣店的门口。天啊，他心想，今天可真是够热的。

他坐在花一块钱从圣文森特·德·保罗①那里买来的皮椅上。房间很小，堆满了杂物和沉寂。壁炉上有一张他年轻时的照片，戴着红色的拳击手套，油亮的皮肤紧绷在结实的肌肉上。那都是陈年往事了。一缕鬈发盖着欢快的蓝眼睛。一条丝质的短裤挂在照片旁边。边上还有几个奖杯。床上的床单卷成一团。床头上方挂的是朱

---

① 圣文森特·德·保罗（1581—1660），法国著名修士，这里应该指以他名字命名的修道院。

厄妮塔的照片。她头发往后梳，就像歌里唱的小姑娘一样长发披肩。真漂亮，我的朱厄妮塔。地板上，诗歌书摊开着，一本叠着一本，似乎互相在交流着。一台灰色的电视。一个烧水的茶壶。房间最里头的壁橱里挂满了女人的衣服。外套、长裙、短裙、围巾等等，一件挤一件地挂在那里。又得在门把手上忙活一阵子，他暗自笑道。

迎着光挂在他面前的是那件带蓝色褶边的白色外套。他慢慢从皮椅里站起来，喘息着，伸手摸了摸衣服的袖子，张开手臂搂住了衣服的领子，然后把脸贴在了外套上，抱着它深吸了口气，笑了。

"朱厄妮塔，"他轻声念叨，"朱厄妮塔，亲爱的，你真是漂亮极了。"

他又一次经过那些涂鸦，这次真的是行色匆匆了。他记起自己的花呢帽子忘在洗衣店的塑料椅子上了。老天保佑那个穿花哨裤子的姑娘已经走掉了。都一个半小时了，她的衣服都已经甩干了，她肯定已经走了。快点，弗莱厄蒂，大踏步地走。不过不再兴冲冲了。而且现在兴冲冲也一点都不时髦了，除非你住在法国区。墙上那些同性恋的涂鸦还在，可是什么也比不上绷紧两腿赶紧向前走了，一二一。

要是不能及时赶回家喝茶的话，朱厄妮塔一定会气疯的，她都已经把茶在炉子上煮好了。要是她发现他把帽子弄丢了的话就更不知道会发生什么了。那可是五十年代她在都柏林的克雷希百货公司①买的。那时候他们手上的钱还够花。他们冒着毛毛细雨走到奥康内尔大街。她把他的黑色鬈发精心梳到了后面，说这样他看起来就像一个妖精。也许还是个女妖精，她笑道。他们一路走，人们都盯着他们看。一个大块头的男人和一个娇小的墨西哥女孩就像手和手套一样般配。他们一路闲逛过码头，不时光顾一下书店。利菲河水滔滔汇入大海。河上行驶着来自酿酒厂的大驳轮。鸽子们正围着面包屑争斗不已，汽车喇叭声和马车的铃铛声交织成一片。他躲在一家古董店的蓝色雨棚下亲吻朱厄妮塔。啊，从她的光脚丫到她茂密褐发的光泽，一切都那么可爱。一二一，向前走，心里哼着歌，一定得把那顶帽子拿回来。

他差点就在自己喜欢的那句涂鸦面前摔了一跤，幸好他一把抓住了扶手才没跌倒。从压迫者的床上站起来，他自己嘟哝道。加油，一二三四。

他小心地迈着步子，喘息着上了卡洛尔顿大街。他朝前看过去，真他妈倒了八辈子霉了。克拉伦斯·勒布朗就在前面，瘦不拉几的腿靠在墙上正跟杰克逊小姐搭讪呢。也许他就是在斯旺尼河边

---

① 爱尔兰老牌百货公司，位于奥康内尔大街。

勾引她的家伙之一。喔唉尼（我爱你），喔唉尼，我亲爱的斯旺尼。可别是这样。勒布朗除了喝泥巴水啥也不会。不过，也许等朱厄妮塔觉得那件带蓝色褶边白色衬衫也过时了的时候，他就可以送给这个怀孕的丫头，就只怕腰围小了点。他举手去碰自己的帽子，向他们致意，然后又想起自己没戴帽子。一个不戴帽子的男人就像一只鼻子上戴金环的猪一样奇怪。他沿着大街，在汽车的喇叭和马车的叮当声中前进着。勒布朗在他后面叫嚷着什么，不过他假装没听见。加油，弗莱厄蒂。抬起脚来走，没时间看那些涂鸦了。

路过花店的时候，小绿人已经开始闪了，汽车喇叭狂响，真是一个湿乎乎的新奥尔良下午。我他妈在这儿住了三十年了，没有一次能够及时穿过这条马路的。过了烤鸡店、银行。里面的霓虹灯闪烁着。下午四点三十一分，气温三十五度。该吃墨西哥胡椒了。快点，弗莱厄蒂。快点走开，就算狭路相逢，也愿你一路顺风。一二一，天哪，还在押韵。热，热，真热。他一边走一边脱下了外套，把它搭在臂弯里。这时他已经进了洗衣店的停车场了，灵巧地绕过了几个小坑。用绳子围个圈，我还可以打拳。啊，天哪！在第六台机器旁边，浓妆艳抹地站在那儿的不正是那个穿花哨裤子的姑娘嘛，只不过有点不知所措的样子。

他在停车场站住了，不知道该怎么办。说不定那姑娘一点儿也没察觉。也许她甚至都不知道自己丢了衬衫。必须把帽子拿回来。是男人就得这样。我要是丢了帽子，朱厄妮塔会气得跳脚的。

他慢慢朝门口走去。低着头，眼睛看着地上。一二一。在靠门口最近的椅子上他看到了自己的灰色粗呢帽。哈利路亚，国王万岁。正如诺拉说的，这他妈太好了。诺拉是那个被那个肖恩·奥凯西^①遗弃的女人。他心中暗笑。这个西方世界的花花公子。或者那该是辛格^②？向前进，快离开。踏上风火轮，赶紧开溜。

他抬起头，注意到那姑娘正在看着他。糟了。他冲她笑了笑，拿起自己的帽子。"真是个大热天，对吧？"他对她说。

"什么？"她从机器后面走了出来，"哦，是的。不好意思，先生，您有没有，碰巧看见什么人来过这里。"

"一个人也没见着，我只是忘了自己的帽子。"

"我有件衣服不见了。"

"真不好意思。嗯，我得走了。朱厄妮塔在家等着我呢。她煮好了茶。"

"你说什么？"

"是我妻子。要是我把帽子弄丢了的话，她一定会生气的。我把帽子忘在这儿了。"

---

① 肖恩·奥凯西（1880—1964），爱尔兰剧作家、社会主义者。
② 辛格（1871—1909），即约翰·米林顿·辛格，爱尔兰作家。他和奥凯西一起为爱尔兰戏剧赢得了国际声誉。

"哦。"姑娘说。

"我大老远的又走了回来。我的肺活量还不错。我每天要跑六英里呢。年轻的时候。"

"我知道了。可是您没碰巧看到什么人……"

"瞧我这记性。我离开的时候还有两个女的在那边，你一说我才记起来。"

"她们到那台机器边上去过吗？"花哨裤子指着五号机器问道。

"我没见着。"他背对着大门，可是听到有人进来了。他没有转身，就站在那儿看着她。"我听说最近这里总有小偷小摸的人，"他说，"这真可怕。现如今真是谁都不可靠了。年轻人都在吸毒。怪不得他们的学校叫做中邪①。"

"什么意思？"

"学生都在吸毒。怪不得他们把那里叫作中邪（学）。"

"那衣服是我男朋友买给我的，"姑娘说着挠了挠头，"真的很重要，我觉得。主要是情感上的意义。"

他心中涌上一丝愧疚。他碰了碰自己的帽子，把帽舌拉下来遮住眼睛。"好啦，亲爱的，"他说，"我得走了。衬衫的事很不好意思。可是我得回家了。再不回去我妻子就要火冒三丈了。"

---

① 原文 junior high 的意思既是中学，也有嗑药嗑高了的意思。这里按汉语谐音译成中邪。

082

"谢谢您，"她说，"不好意思耽误您了。"哦，她可真有礼貌。这个涂着口红的鬈发姑娘。也许他该跑回家把她的衣服取来还给她。朱厄妮塔也不是那么喜欢它。她不喜欢蓝色褶边。

这时他身后传来一个地狱般的声音。"谁的老婆会那样啊，弗莱厄蒂先生？"

他转过身。上帝啊，圣母啊，老天啊。该死的克拉伦斯·勒布朗跑到这里来干什么？这个瘦不拉几像水管子一样的家伙斜靠在门边，一脸邪恶的讥讽。"弗莱厄蒂，你哪儿来的老婆？"

他腿关节吧嗒响了一下，心开始咚咚地跳。这该死的勒布朗打哪儿冒出来的？

"你在说谁老婆呢？"勒布朗又问了一遍。

"我得回家了，亲爱的，"他对姑娘说，"不好意思，茶都已经煮好了。我希望你能找到你的衣服。"

"谁的老婆，弗莱厄蒂先生？"勒布朗张开双臂拦在门口，"你根本没老婆。"

"请你让开。"他对勒布朗说。他听到后面那姑娘在结结巴巴地说什么。"你是丢什么东西了吗，女士？"勒布朗问她。

"只是件衬衫。我一件衬衫不见了。没什么大不了的。"

"你不会碰巧知道这位女士的衬衫到哪儿去了吧，弗莱厄蒂先生？"

"我什么也不知道。你能让开吗？"他伸手抓住勒布朗的肩膀想把他推开。天哪，这天气真热。勒布朗反过来推了他的胸部一下。他往后踉跄了一步。

"变态，"勒布朗龇牙咧嘴地叫道，"你这个变态，弗莱厄蒂，专门偷女人的衣服。我早就看出来了。"

那天她离开的时候，在门口也是这样的，只不过他是堵门的那个。多年前，也是新奥尔良闷热的一天。那天下午，他灰头土脸、暴跳如雷，而她的皮肤像墙纸一样苍白痛苦。我会给你唱歌，朱厄妮塔。你唱得够多的了，我都听烦了。我会唱新歌的。别拦着我，丹尼。我会更努力的。不，我要跟你一起走。我要去一个你找不到的地方。为什么？我受够了。受够了什么？受够了所有的一切。我不明白。你永远也不会明白。他想去摸她的头发，可是她躲开了。她脸上都有皱纹了。他们两人都比他们对着歌唱的月亮老了。那你什么时候回来，朱厄妮塔？等到太阳从西边出来，丹尼，说不定还要再等几天呢。然后他就靠在门上，看着她走掉了。

那天是一九六七年七月九号。到现在都二十五年了。他们说这叫恋爱的夏天。真是个糟糕的名字，一点都名不符实。夜总会、铃声、帆布、电影、透明的舞台、奇迹统统都不见了。他被卡夫拉打倒了。而她也像一位贞洁的女神一样陨落了。他们的声音也毁了。

完全沉落到了记忆的深处。还有希望也一样。她走的那天，整个社区一片灰蒙蒙的，跟花岗岩一样。她从门边溜了出去，他却想起了家，遥远遥远的家。他想起家乡满是岩石的花园，都是那些能吸水的石灰岩、湖水会消失的季节湖、颜色千奇百怪的野花。她会回来的。他要等下去。花岗岩是不能渗水的。花岗岩不透水的。他学过的。

这一拳出得很慢，只是一个老人的长弧拳，勒布朗应该看得到的。可是拳头还是很直接地砸在了他的下巴上，很亲密，点也不凶，就跟从前一样。只是很干脆利落的一拳。只不过要是这拳砸在一九三八年九月九号的卡夫拉身上就好了。那个手套上擦芥末油的混蛋。人咚的一声倒在人行道上。裁判在读秒。朱厄妮塔爬过绳子大喊，说的是西班牙语。丹尼站起来，站起来。她怎么看上去有四个眼睛。整个世界在旋转。他又倒在了绳子上。完了。一切都结束了。阿楚斯拉莫克罗伊，现在一切都完了，丹尼小子。

勒布朗也一样倒下了，撞飞了旁边的塑料椅子。一包香烟从他衬衫口袋里飞了出来。穿花哨裤子的姑娘发出一声尖叫。现在到门外了，快跑。

他跑到一个深坑旁。已经很远很远了。回头看了一眼。虽然你的脚步很沉重，可是一路却跑得飞快。一二一，弗莱厄蒂。回家去见朱厄妮塔。下午茶都煮好了。加点牛奶，加勺糖，美到家了。他回头看看，气喘吁吁。勒布朗现在追上来了，大概就在身后一百码的地方，嘴角还留着血丝。啊，这拳打得真好。揍趴下了吗？是的，先生。把我加进名人纪念堂吧。把我的手套挂在黑色炸弹的旁边吧。真是令人惊叹的一拳。

勒布朗在后面含含糊糊地喊着什么。这世界就没有神圣的东西了吗？可是他现在越来越快了。已经过了银行了，快到烤鸡店了。要是我能抢在那个小绿人之前过马路就好了，他想，那我就可以安全到家了。我和朱厄妮塔就可以好好坐下来看蒂伦比赛的电视转播了。他那拳头挥得可真带劲。然后晚上我就可以溜出去，给杰克逊小姐送一件衣服。带蓝色褶边的白衬衫。其实是件挺好的衬衫，可是朱厄妮塔不喜欢。女人，就是这么挑剔。跑，弗莱厄蒂，快跑。快跑，看看这些人给你找的麻烦。他再次回头。勒布朗现在离他只有四十码了。老天，这小子跑得还挺快。他冲进了车流当中。一二三。勒布朗喊的声音可真大。哼，去你妈的，坏小子。一阵紧急刹车声。谢天谢地那个小绿人没有变红。继续，向前，赶紧走。快，快，快。他永远也抓不住我。我已经上了人行道。

亲爱的朱厄妮塔，等到了家我得放两勺子糖。帮我把药吞下去。然后我会给你唱一首最好听的歌。又过了花店了。他已经踏上了社区的台阶了，一转身。勒布朗就在那儿。他抬头看着楼梯，

086

对着那些涂鸦，然后又看看勒布朗。越来越快了。快得可怕。他攥紧拳头，脸上一副讥讽的表情，眼睛眯得跟镰刀一样。上楼了，一二三，到了涂鸦边上了。一二，喘口气。一一二。靠在墙上。大口喘气。回头一看，勒布朗正伸手朝他抓了过来。

老天，他心想，心咚的剧跳了一下，给这个混蛋买辆独轮车吧。

穿越黑地

　　看到吧，就这样了。牧草都要长到人头那么高了。外面很热——就像凯文说的比裹了三层羊皮还热——我一心只想赶紧把活儿干完了事，不然一下雨我们就连一粒有营养的种子都收不起来了。我还没见过长得这么好的庄稼，这么一大块草地，每根草都足足有四英尺高，从路边一直长到了溪边。纳塔利还在那里碰见过响尾蛇呢。等到太阳移到它的右边，大风吹起河面层层涟漪，美得就跟电影里一样。

　　我真希望这块地是自己的，可惜只是租来的，地是坎宁安家的。再过三天，等干完了所有收割、整理和捆扎的活儿之后，我们就能收获四五十捆干草了，这样就可以小赚一笔，这是没问题的。凯文想的是把他家纳塔利卧室的墙纸给换了——她已经长大了，粉红色不适合她了——或者只是改善一下他跟迪丽莎的生活，享享清福。而我想的是把我皮卡车上的阀门修好。

　　我们只能在周末上地里干活，凯文和我。你知道，我们平时都得在公立学校上班。星期五傍晚，凯文就会一路吆喝着去给拖拉机加油。这是我们劳作的开始。他干活很卖力，真的，看他那两条粗壮的胳膊就知道了。每星期五他都摩拳擦掌的。到时你就看吧，还在吃午饭的时候他的脚就在打拍子了。其实我也是一样蠢蠢欲动，早早穿上了埃莉在里德百货给我买的靴子。我们打算一直干到天黑，能收多少收多少。眼看着拖拉机都被装满了，可是后来却聊起了斯蒂芬·扬布拉德的案子，就是在得克萨斯州那卡多奇杀人的那个孩子。凯文听了我从那个孩子那里听来的话之后，打了个冷战。他真的是开始发抖。然后他就回家把我家和他家的人都给拉来了。那天晚上我们几乎啥也没干。

我这三年来在公立学校里主要是做后勤维护工作，不过这么久以来我都没见过这么爱打破砂锅问到底的人。弗林盖蒂是得克萨斯大学的，是那种半工半读的大学生。他被派到这里来负责辅导那些犯了死罪的少年犯。他比一般大学生年龄要大些，大概跟我差不多，长得有点胖。有一次我听到学生背地里说他不过是五磅的皮囊里包着的十磅大便而已。真是笑死我了。其实他没有胖到那种程度。他头发很长，眼睛非常蓝，蓝得跟冬天的天空一样纯净。可是他最厉害的是能让那些孩子说出该说的话来。

说实话，公立学校里的老师们大多不喜欢这些做社工的大学生。他们被分派过来做这份工作，总觉得自己非常高尚，是在拯救世界。这世上没人能拯救世界，除了耶稣。而且就连耶稣礼拜天也休息，所以才造出了公立学校里的这些破孩子，同时也造出了这么个破地方。这里看起来不像监狱，而像一个带着围栏的社区。围栏里面是几栋学生们住的木屋。而且这里很大很开阔，茵茵绿草，鸟语花香。我觉得挺不错的，至少我们在这里有点事儿做。孩子们也不用穿制服。这里最让人意外的是它一点都不让人觉得特别，看上去那么普通。那些孩子两两排成队在散步，而看守只是坐着面包车和巡逻车在周围巡视。他们都不带枪，一个都没有。

那些孩子——包括犯了谋杀罪的——大多跟你看到的在快餐店和便利店游荡的孩子没多大分别。我猜斯蒂芬·扬布拉德只不过是个倒霉到无法自拔的家伙。可是弗林盖蒂不这么想，他就觉得自己碰到个大案子了，伤脑筋的大案子。

斯蒂芬是个瘦小结实的金发男孩，一脸的痤疮。这种小孩吐口唾沫都能淹死他。他本来要戴眼镜的，却总把它藏在口袋里。估计是不好意思戴。他走路时从来不抬头，就好像口袋里藏了什么见不得人的东西似的。就这么一个小孩，真是难以想象他能干出那样的事来。大多数时间里，他都跟弗林盖蒂坐在外面橡树下的一张凳子上说话。弗林盖蒂不断地盘问他。他两眼紧紧盯着他，手放在肚子上，不断地点头。看起来简直就像是秃鹰从树上死死盯着一具美味的腐尸一样。

这些孩子理论上每星期至少要得到二十五分钟的辅导，可是弗林盖蒂，这该死的家伙每次都至少要在斯蒂芬耳朵旁聒噪好几个钟头。

他们第一次谈话的时候我也在场，我在花园凳子旁边浇水。斯蒂芬正对新来的辅导员作常规汇报。"我两年前的十二月九号夺去了威廉·B.哈里斯的生命，然后被判了三十年有期徒刑。"这话是他们在死刑犯看守所里学会的。之后他们就只是张嘴说出来而已，没有一丝情绪，因为已经说过好几百遍了。

斯蒂芬说完撩起遮住眼睛的一缕金发，直勾勾地看着远处。这时弗林盖蒂却突然换了个话题。通常此时大多数辅导员都应该变得很严肃，很伤感，停一会儿才说："那你愿意说说这事吗，斯蒂芬？"斯蒂芬就会回答说："嗯，可以吧。"因为他知道要是说"不"的话他就会被扔到那小河里，连个划桨都不给。然后辅导员会说："好吧，斯蒂芬，现在你感觉怎么样？"然后斯蒂芬就会说："很糟糕。"就这么一直讲下去，直到辅导员满意地走开去填他的CF114表格。

可是弗林盖蒂不是这样的。他只是看着他一直点头。然后就开始聊棒球、足球和重金属摇滚。我当时正拿着小铲子蹲在那儿干活，听到这儿差点笑出声来。于是我就待在花圃边上继续听他们聊一个在车祸中断了一只手的英国鼓手[①]。然后弗林盖蒂说了声再见就走掉了。大屁股扭得跟鸭子一般。而斯蒂芬待在那儿就像被棍子抽过似的。

从那以后他们俩就经常在一起。总是坐在那棵橡树底下的水泥凳子上。其他的辅导员都在社安局[②]弄了个办公室什么的,要保护孩子的隐私嘛,就是弗林盖蒂没有。他喜欢在空地上聊。最神奇的是,他这样竟然真的撬开了那孩子的嘴。

我和斯蒂芬有时候也会一块儿干活儿。他们偶尔叫孩子们去弄弄花圃,扯扯野草什么的,不过得看他们犯错的级别。斯蒂芬干活儿还真不赖——他可是个老手——他们把他派给了我。这里总共有三百个孩子,大约有二十个杀人犯,他们的案子估计你都听说过。有的孩子只不过是在妈妈的牙刷上撒了泡尿,可也有因为买不到毒品而发狂,用圣诞彩带勒死婴儿的。其他大多是把自己的伙计打得缺胳膊少腿儿的。有个女孩用刀捅了她老爸四百下。

凯文在这里是个特别的人。他在这儿都干了十二年了,对这些故事毫无兴趣。他说只要过上一阵子,谁都不会再有任何兴趣的。你就会捂着耳朵,找一台噪音最响的割草机,把马力开到最大,安

---

① 1984 年英国威豹乐队(Def Leppard)的鼓手里克·阿伦因车祸失去了左臂,但他以惊人的毅力和顽强的意志重返乐队,利用脚和手的合拍性苦练特地为他定做的电子鼓。

② 即 SSA,Social Security Administration,(美国)社会安全管理局。

安静静地干自己的活儿，这样你的头本来就嗡嗡响了，连午饭铃都听不到，更别说闲言碎语了。就连每天他们家的迪丽莎到大门口接他下班时，他也是一声不吭就钻进班车里。要是她问今天过得怎么样，他总是千篇一律地回答说："老样子。"

　　我和凯文开春的时候在那块地里播的种。恰克·安德森借给了我们拖拉机和其他的工具。我们是三月底犁的地，第二天播下的牧草。那天晚上我们播完了种之后，两人拎着酒瓶坐在河边，好好地痛快了一把。

　　虽然不是我们的地，可凯文和我兢兢业业地料理着上面的庄稼。说起来真不知道我们当初是怎么干起来的。那天晚上，我们坐在一起拉屎的时候，兴高采烈地就聊起了做牧场生意。知道吗，去年一场干旱，很多牧场的牧草储存都不够牛吃的了。我们也不贪心，只想小本起家而已。等来年再种点什么好作物。不过是因为凯文有个伙计在波尔克大街的种子商店做事，帮我们弄到了免费的草种，于是我们就说试试看吧。这块地离大路有五英里远，通往一个庄园，当时正闲着呢。我打电话给坎宁安老头的时候，他一开始觉得我们是开玩笑，说没时间跟我们瞎扯。但后来我们还是把那块地拿到手了，还便宜得要死。

　　晚上，我们从公立学校回来的时候，会喝上几杯啤酒，坐下来盯着这该死的东西慢慢长大。牧草的叶子很宽，秆子却很细。不知不觉地就快长到四英尺高了。

真是长势喜人啊。我们坐在皮卡车的车斗里，看着天上的星星。有时，天空很清透，凯文可以指出哪一颗是在星星之间穿行的卫星。没想到这年头还能偶尔听到郊狼的嚎叫。我真想崩了那些家伙——从前你要是宰了它们还能拿到奖金呢——可是凯文说它们从来也没祸害过人。也许他说得对。不用等着郊狼来，这世上已经有太多杀戮了。十二年前，凯文一开始在这所学校做事的时候，还几乎没有孩子杀人的案子呢。现在可是一点也不新鲜了。他说现在每天发生这么多的谋杀，你都不知道这世界怎么了。

凯文经常带着小纳塔利和米隆到地里来。他们就在那条土路上玩耍，有时候也爬树。可是有一天，纳塔利在河边碰到了一条响尾蛇，这下把凯文吓得魂飞天外了。她当时才六岁，差点就被咬了。我从来都把我们家罗伯特留在家里。他才四岁，没必要让他出来跟蛇一起混。

那个星期五晚上，我们本来是要开始割草的。第二天，我们还要接着割，还要把它们抽打好、排成一列一列的。然后还要去翻动它们，把它们均匀地晒干。最后还得捆扎起来。结果那天干活儿就干得很晚了。同时，凯文对斯蒂芬的故事也有反应。一开始他根本没听，可我还是不断地往下讲。结果后来他就死瞪着我，眼睛都鼓出来了，好像我跟他讲的是世界末日来了似的。

弗林盖蒂从斯蒂芬那里基本上什么都问出来了，除了他为什么要自首。我从来没见过有人在一个小孩身上这么孜孜不倦地追寻哪怕是最微小的细节的。于是我也开始越来越仔细地偷听他们在公园凳子上的对话。我不敢相信的是这孩子怎么就对弗林盖蒂那么信任，事无巨细地全都告诉他了，不过唯一没说的是他最想要听的那点。

有一次我看到弗林盖蒂还拿来了一包印第安人牌香烟①。这可是破坏规矩的。那天还下着大雨，弗林盖蒂打了把伞，两人在凳子上靠得很近。我正巧路过那里，到小木屋里去。我看见他从外套口袋里掏出那包印第安人给了斯蒂芬。不过这事儿我也干过。我有一听斯考尔②烟叶，那些孩子都想要来一口。只要给一小撮，啥活儿他们都愿意干。这就是人性。我估计弗林盖蒂明白只要有一盒烟，斯蒂芬没有什么不会说的。

斯蒂芬杀人的时候十四岁。当时他们家住在松林一带的一辆拖车里。他曾经在一家爱吃鸡肉的浸礼会人家待过几年。后来因为小偷小摸又被妈妈接了回去。他一天到晚就知道看电视和玩电脑游

① 创立于1904年的一个烟草品牌。
② 美国无烟烟草公司的品牌。

戏。他爸爸远在油田工作，妈妈于是靠在邻里做皮肉生意为生。

后来有一个叫比尔·哈里斯的家伙往他们家跑得特别勤。这人在那卡多奇是有家室的。这本来也没什么大不了的，坏就坏在这拖车里廉价的三合隔板。斯蒂芬什么都听得到，哼哈呻吟、拍打尖叫一句都漏不掉。他气疯了，操起棒球棒对着床上的哈里斯砸棒球。他只砸中了一两个，可是哈里斯起来后一脚踢到了他的嘴巴，把他送进医院缝了八针。

斯蒂芬自己出了院，决定跑到哈里斯的老婆那里去把她老公的丑事抖出来。他骑上自己的捷佳牌变速山地车冲向那里。不过半路上他突然转念决定偷辆车开过去。正好有辆后挡板上破得只剩半个田字的丰田牌皮卡在那儿。他一路超速到了目的地。那个女人，哈里斯太太，或者不管她叫什么，把斯蒂芬招呼进了自己的拖车房子里，自己一屁股坐在了厨房的桌子上。

斯蒂芬告诉弗林盖蒂说这个哈里斯太太最奇怪的地方是——一头红头发——听了老公到处乱搞的丑事之后竟然眼睛都没眨一下。她从桌子上站起来，双手抱住了斯蒂芬，开始用手指在他胸脯上上下摩挲。她说谢谢你告诉我，然后解开他的扣子，接着往下拉开了他裤子的拉链。他当时十四岁，一天到晚带着根硬邦邦的鸡巴，哪能受得了这个妇人如此挑逗啊。

他把这些都跟弗林盖蒂坦白了。这真是让我百思不得其解。他跟弗林盖蒂详细描述了自己是如何被勾引的，还有她是如何把口红印满了自己的爱根，她是如何像个啄木鸟一样带着一头红发在那里上下吐纳。弗林盖蒂竟然也就毫无遮拦地让他这么一吐为快。两人坐在公园凳子上，看起来都非常认真。

斯蒂芬当晚还回了家。把那辆半个田字的皮卡扔在了镇子外面。等他回到家，哈里斯已经走了。他妈妈给他做了炸鸡排哄他。她以前可从来没做过吃的，家里常吃的都是索尼克汉堡①。他坐在桌边慢慢地享受这顿难得的美味。妈妈问他嘴巴是不是很疼，他说没事了。他看到卧室门外还有哈里斯的一块手帕，也只是踩着走了过去。

从那以后他一星期要去拜访哈里斯太太几次，总是骑着他的捷佳去的。哈里斯也是在油田工作的，对此一点也不知道。那个红头发，一直甜言蜜语地说斯蒂芬是多么的可爱等等。她给他做三明治、冰淇淋。他走的时候她还坐在水泥墩子上向他挥手告别。那时候的斯蒂芬简直就是一头天堂里的猪了。

长话短说，有一天哈里斯终于因为有事提前回家，在谁也没料到的情况下撞见了斯蒂芬正和红头发一起在床上打滚。接下来就像是一出情景剧了。哈里斯拎起这个孩子扔下了床，不停地扇他耳

---

① 美国排名第四的快餐连锁品牌。

光。斯蒂芬被揍得够呛，骑着自己的车子灰溜溜地走了。两个钟头后，他拎着把来复枪又回来了。那是他从一辆皮卡车里偷来的马林枪①。它就挂在车里的枪架上。斯蒂芬停好车，绕到房子后面，站在拖车接头处往卧室里看。哈里斯正在那里欺负他老婆呢。斯蒂芬从前打过猎，而且他在任天堂游戏机上可是个神枪手。他一枪打过去，正中哈里斯的前额。后者轰然倒地。斯蒂芬打开拖车门叫哈里斯太太赶紧收拾收拾，两人要远走高飞。可那女人却直接就疯掉了。他要带她去佛罗里达。那是他在电视里见过的天堂圣地。

哈里斯这时在地上还没断气。斯蒂芬想听到的是哈里斯太太当着她老公的面说"我爱你，斯蒂芬"。斯蒂芬是早就疯了。可那女人却跪在老公面前哭泣起来。接着斯蒂芬冲她嚷嚷道："吻我！"他才十四岁，却拎着把枪大叫"吻我！"，她只好爬起来吻他的嘴唇。然后他走到哈里斯身边，端枪对准了他的喉咙，扣动扳机结束了他的性命。后来他又朝哈里斯的心脏开了两枪。哈里斯太太在旁边不停地尖叫。

我猜想弗林盖蒂一定是把这看作是什么恋母情结之类的，因为他问斯蒂芬是不是爱上他妈妈了，是不是把哈里斯太太当作妈妈了，诸如此类的问题。可是，尽管了解得这么清楚了，他还是不明

---

① 美国历史悠久的枪械品牌。

白他后来为什么向警察投降。他们每星期好几次从不同方面来讨论这事。最终他终于忍不住直接问了出来。

"嗯,哥们"——这也是让我差点疯了的称呼,这个叫弗林盖蒂的家伙竟然满口"哥们"和"扁"还有"酷"和"野"之类的俚语——"你到底为什么要向警察自首啊?"

斯蒂芬,一开始什么也说不出来,只是"因为,因为"地重复着。

斯蒂芬已经跟他讲过了他枪杀了那个混蛋哈里斯之后怎么逃进森林里的,警察又是怎么潮水般包围过来的,他又是怎么躲在一棵树后等着有机会溜回去问红头发愿不愿意去佛罗里达的。那是他唯一的念头,到海边去,那里全是苗条的姑娘们。他其实根本不怕警察,一点都不怕。他坚信自己一定能逃出去。他还要回家给妈妈留张条子。我去佛罗里达了,再见。警察和救护车还有消防员都围着他,到处都是。

他终于逮着机会溜了回去,从窗户窥探拖车里。他看到警察正在那里拍照。弗林盖蒂不相信这段。我看得出来,可是斯蒂芬也不在意。他只是说了句我撒谎还有什么意义?我杀了那个人,大家都知道的。

等他再回到森林里。太阳就要下山了。几个小时之后他走出来向警察投降。那些人正在拖车前面的台阶上喝咖啡呢。他就这么自首了。

弗林盖蒂又问那个问题了，说这对他来讲很重要，又说了些斯蒂芬需要得到人的尊重之类的废话，可是斯蒂芬只会重复半句"因为……"。我坐在他们旁边，坐在花圃里，竖起耳朵来听着。有一两次，斯蒂芬转过头来看我。我赶紧低下头，假装对他们没兴趣。

后来那天下午，我和斯蒂芬到外面的花圃里锄土松土。那里还有其他工人，不过他们都在偷懒，伸着腿坐在一边。我埋头苦干，斯蒂芬却是懒懒地拖着耙子。他的手臂又瘦又长。当时不知道他为什么戴着眼镜，这可不正常，他的脸上还扑了遮盖青春痘的褐色粉末。他看上去伤心极了。干了半晌，他才耙了屁股大的一点地。

凯文在栅栏外面，在靠近员工宿舍的地方忙着清理杂草。于是我问斯蒂芬怎么看油田的那些牛仔什么的，我当时想的是，这孩子一定觉得我问这样的问题听起来像弗林盖蒂了，于是就准备打住。不过我也不想让他听出退缩的味道，于是就翻了翻土，吹着哨子走开了。我转而开始筹划那晚和凯文要开始在地里甩开膀子大干的事。我觉得该回家去好好吃它一大块牛排，再来点让人精神饱满的佳得乐。我看着天空，心想晚上还是不是个大晴天。这时斯蒂芬突然转向我。他直直地看着我。

"我只是怕黑。"他说。

一开始我以为他说的是黑鬼，接着又觉得不对，因为这词儿只

100

有在老电影里才听得到了。然后我突然明白了。他还是直勾勾地看着我，简直让我觉得见鬼了，他为什么要告诉我。我从来也没问过他啊。也许是他觉得我听到他和弗林盖蒂的谈话了，所以他觉得我也想知道。他的眼角整个都红了。这可不像那个偷了卡车、睡了人家的女人还把枪伸进人家嘴里、把人家脑浆轰炸了一地的孩子。他看起来跟其他孩子没有两样。他站在那儿，手里拖着个耙子，望着栅栏外面。

"我躲在林子里，天黑了，"他说，"我从来也没在那么黑的地方待过。"

我低头把地挖得更深了点，什么也没说。我在想要是弗林盖蒂听了这话能得出什么结论。这孩子什么都不怕——不怕杀人，那是肯定的，也不怕偷东西，有机会就乱搞。我只觉得奇怪。估计他从来也没缺过电视吧，可林子里什么都没有。恐怕那才是他觉得最可怕的。我只是点点头说我明白你的意思，伙计，我明白你的意思。

我跟凯文讲这些的时候他一脸疲惫的样子。当时我们正给拖拉机加油。他拎着五加仑的油桶，我扶着漏斗。不知为什么他的手突然抖了起来，就像打了个冷战，结果汽油洒了一地。"怕黑。"凯文一遍一遍地重复说着，听起来不像是个问句。把汽油灌完了之后，他跟我说要离开一下。我看着他匆匆忙忙地朝我的皮卡走过去，"砰"的一下关上了车门。他从土路上一溜烟地穿过那片地跑了。我爬上拖拉机想发动它，可是该死的钥匙被凯文带走了。

于是我只好坐在地上，拿棍子撩起一群蚂蚁，无聊地看着这些数不清的小家伙在上面奔来跑去。据说它们可以在地里聚成十五英尺高的蚂蚁堆。它们还可以成群结队地钻进婴儿的身体里，让他们窒息。现在它们爬到我身上来了，我只好爬上拖拉机，眺望着地的那头。

真的很晚了。西边的晚霞红透了半边天。甚至已经可以看到几颗星星了。最后一只秃鹰也随着热气的消散慢慢下降了。不知道它们晚上睡在哪里。有一点可以肯定，那些蟋蟀是不睡觉的。它们吱吱地叫了起来，就像唱歌一样。我不知道自己这样坐了多久，反正等我抬起头来看到凯文的时候天已经完全黑了。他开着我的皮卡回来了，带着自己的一家人，他的妻子迪丽莎，儿子劳伦斯和米隆，女儿纳塔利，一个都没落下。然后我又看到坐在卡车后面的是艾丽和我家的小子罗伯特。大家都没说话。通常他们凑到一起都是又笑又叫，闹得跟暴风雨似的。

凯文从车里出来，脸上的表情很奇怪。他穿着件工作衫，袖子卷到了肩膀上。他眉头紧皱、眼神凝重。他让大家在地边上排成一排站在他身后。艾丽穿着睡衣，踏着拖鞋，头上还带着发卷。迪丽莎手上抱着小米隆。劳伦斯胳膊下夹了只足球。我跟罗伯特虚晃着打了几拳，不过他还是跟老鼠一样悄无声息。牧草长得太高了，都没过了孩子们的头顶。大家谁也没说话。整个地里静悄悄的，只听到蟋蟀的歌声。

凯文让我站在队伍的最末端，然后就开始领着大家穿越牧草地。大家都跟在他身后一步步地走着，不过很快他就开始小步跑了起来，大家也就只好跟着跑了。接着他越来越快，我们就追着他，披波斩草地穿行在田野中。孩子们开始大笑，接着迪丽莎也咯咯地乐了，然后艾丽也疯狂地叫喊起来了。我牵着罗伯特的手。他一路跑着，不断地踢着牧草的梗子。凯文不知怎么大喊了起来。我也彻底放松下来，开始跳起舞来。自打吉丁斯的俱乐部被火烧了以后，我可再也没有这么狂野地舞过了。

这看起来简直傻透了，还有一大堆正事没做，我们几个大人却带着孩子这样在田野里乱跑。可是拽着我家小子，听着大家的笑声，我真的乐在其中。后来我朝牧草上头望过去，发现天真的很黑，很深邃，无边无际地笼罩着我们。我们笑着，闹着，我忽然间明白了凯文在做什么。他才不是犯傻呢。

丢失的小孩①

　　帕德里克关上儿童之家沉重的橡木门走进晨光中。河对岸，太阳像一片小小的红色镇静剂正慢慢爬升着，在纽约高高低低的天际线上洒下一片苍黄的颜色。他戴上外套的兜帽，走上了街道。背后，听到男孩们在踢那扇木门的声音，单调而又规律的咚咚声。三楼窗户里传来一声小女孩的尖叫。远处，一辆警车警笛长鸣。老天，他暗想，这可不是举行婚礼的好日子。

　　他用自己深蓝色的夹克紧紧裹住肩膀，合起手点着了最后一支烟，深吸一口直达肺部的最深处。他扶了扶眼镜，回头看了一眼刚刚打卡出来的那个家。

　　一群失明的孩子把头贴在下层窗户的栏杆上。其中一个橘黄色头发的女孩儿正拿头撞那些栏杆。一双眼白毫无生气地嵌在脑袋

---

① 　出自威廉·叶芝1886年的诗《丢失的小孩》。诗中，仙灵将孩子从温暖的壁炉边诱走，带到史留斯森林高地，那里有花有水，远离尘嚣，孩子和仙灵们吃着浆果和樱桃，寻找熟睡的鳟鱼，在沙砾上跳起古老的舞蹈，彻底忘记了那个充满烦恼的人类世界……

上。他耸耸肩向她表示这不是自己的错，做完了又发现这无济于事，于是又猛抽了一口烟。这时，帕德里克又听到了儿童之家里传来的一声叫喊。他转身看到一辆面包车突突地沿着街道开来。白色的废气弥散在空中。一瞬间，他有种冲动，想跟着那些烟雾一起飘走，顺着这满是水坑的街道飘到一个完全不一样的世界去。

昨晚十点的时候，只有十四岁的小玛西亚企图用一块镜子碎片割开自己的手腕。她在静脉上横着划了道口子。塔米看到后不断地尖叫，还帮倒忙告诉她说正确的方法应该是顺着静脉划一道长口子，要切得深一点才行。等到男生那边知道这边有个女生要自杀时，就爆发了一场近乎暴乱的骚动。吉米试图把客厅里的沙发点着。巧克力查理把脚踹进了音响的玻璃箱子里。还有两个孩子不得不被关起来。几乎所有的孩子，包括那些平时无声无息的失明孩子，这些社会上的贱民，被剥夺权利的、视若无睹的人那天晚上也都在拿头撞墙，一直不停，就像断了翅膀的鸟儿反复跌倒在地上一样。

帕德里克把烟头扔到地上，朝地铁走去，一路上把脚下乱七八糟的垃圾踢开。一栋房子里传来收音机的声音。一幅窗帘拉开来，出现一张女人的脸。一个衣着污秽的老头在台阶上弹着竖琴，不时灌两口米勒啤酒。他冲帕德里克点点头，把酒瓶递了过来，但后者只是匆忙地摇摇头，老头笑了。

"一大早不能偷懒？"他问。

"做什么都太早了。"帕德里克说。

通往地铁的台阶还是那么臭，满是人尿的骚味。帕德里克一步三阶地往下跑，手在口袋里摸硬币。可是没摸到，只有几张零钱。昨晚把所有的硬币都放在家里了。他飞快地看了看四周。售票处没人，另外只有两个在寒风中瑟瑟发抖的护士，一个身穿写着"范·海伦①盖了帽"的 T 恤的小孩，还有个瘦小的生意人在站台另一头看报纸，此外再也没有其他人影了。他绕过入口栏杆，匆忙下到站台，等着隧道里一阵狂风冲过来，拽出一辆哐当哐当的列车。

好不容易 D 线车来了，是辆市区车。他找了个没人的车厢坐下。座椅上画满了各式涂鸦。他在想等下回到公寓的时候妻子奥尔拉会不会已经醒了。要是能蜷在她身边睡一个上午是多美好的事啊。或者也可以叫醒她让她给自己松松脖子。

到了布莱顿沙滩公寓，他悄悄地转动钥匙打开门，蹑手蹑脚地走到卧室，看到奥尔拉睡得正香呢，胸前放着一本菲利普·拉金②的诗集《高窗》。他悄悄把书收好，俯下身去吻了一下她的脸颊。

"真不是个结婚的好日子。"他心想。

---

① 范·海伦（Van Halen），是一支美国重金属摇滚乐队，因乐队吉他手埃迪·范·海伦及其兄鼓手阿历克斯·范·海伦而得名。
② 菲利普·拉金（1922—1985），被认为是继 T.S. 艾略特之后 20 世纪最有影响力的英国诗人。

帕德里克来自深不可测的大洋彼岸，爱尔兰一个叫利特里姆的地方。丹娜第一次听他说话的时候还以为他嘴里含了只虫子或者小鸟什么的，要不然声音怎么会那么奇怪。当时他站在宿舍大厅的中间，*其他辅导员介绍他说，这是我们新来的社工帕德里克·基根，大家跟他问个好。*于是丹娜就跑了上来，伸手抚摸他细细的头发，用手指感觉他长满粉刺的脸，还把他的眼镜抬起来试图触摸他的眼睛，直到另一个辅导员呵斥她住手为止。后来，丹娜私下说总觉得帕德里克吞下了个蟋蟀、画眉还是螳螂什么的。

她十六岁，正处于令人尴尬难受的青春期。她喜欢穿些鲜花怒放、色彩斑斓的衣服，让它们拥抱着自己的腰身。她的头发是枯黄的。这也是故意染成这样来反衬她黑色的皮肤的。

她的父母抛弃了她——爸爸说是出去买包烟就再也没有回来，妈妈则完全被白色的小药丸控制了。政府人员发现小丹娜被锁在一个柜子里，瘦得跟耗子似的，瞎得跟实验室里只会按节奏疯跑的老鼠一样。而她妈妈在房间的一角跳脚尖舞，脚下是一堆可卡因吸管。当她看到工作人出示徽章时只是耸耸肩。*把她带走吧，她再也不是我的了。*

帕德里克工作的第一个星期完全专注在丹娜的档案上了——她喝过消毒剂，用鞋带上吊过，往辅导员的梳子上拉过大便，还剪过另一个女孩的头发。晚上，他一遍又一遍地读着这份档案，试图搞明白文件底部那一堆签名的含义。他会撩起窗帘，观察大厅里的她的一举一动。有一次，在儿童之家后面的洗衣房里，他看见她拿了一罐颜料对着另一个女孩子的衣服乱喷。他跟她聊了很多日常生活中的事情——她该学会怎么叠毛巾，控制自己的脾气，正确握笔写字，不许再把指甲咬得血淋淋的。他甚至还试图向她描述各种颜色，可是最终却越说越乱。他手上的案子其实挺多的——七个男孩三个女孩——可是丹娜占据了他大多数的时间。

"你知道你名字的含义吗？"一天晚上吃饭的时候，他问她。

"不就是个名字嘛。"

"可是，你的名字很特别。"

"是嘛。"

"算了。"他说着，拿叉子在盘子周围刷刷地刮，吵得要死。

"不，"她突然又说，"还是告诉我吧。"

于是，那天晚上他就跟她讲了丹娜的故事。传说这位爱尔兰女神远古时代来自北非。丹娜掌管的是德鲁伊部落[①]，也就是达楠族[②]。他们在五月一个阳光明媚的早晨登上了这座岛屿，赶走了大腹

---

① 在凯尔特神话中，具有与众神对话的超能力的人。
② 达楠族（the Tuatha de Danaan）是古爱尔兰神话中的一个种族，也被称为狄人（the Men of Dea）。据传他们征服了福尔博族（Fir Bolgs），成为定居在爱尔兰的第五个种族。他们崇拜万神之母达娜（Dana）。

便便的福尔博人①，征服了爱尔兰。丹娜有着神奇的法力，能够控制海洋、吞云吐雾、遮天蔽日，还能左右太阳，甚至能限定早晨的各种声音和形状。他们住在遥远的荒野，那里的树木都是一棵接着一棵生长，一直绵延到海边。她的族人在地下挖了宏大的隧道，在海边建起了仙境般的城堡。他们有四大法宝——战无不胜的宝剑、长矛、命运之石和惩罚用的鼎沸大锅。

"你是说他们会把人扔进锅里煮吗？"

"嗯，也许吧。"

"太酷了，"丹娜当当地敲起叉子来，"你不是骗我吧？"

"骗你是小狗。"

"她是个巫婆，对吧？"

"不完全对。要是你想知道的话，我可以把书找来给你读读。"帕德里克说。

"你说话真有趣。"她咯咯地笑着说。

接下来几个星期，她不断地问帕德里克问题——丹娜有多大？她死的时候有多大？她是黑人吗？她是瞎子吗？她喜欢穿颜色鲜艳的衣服吗？这些问题他都回答不了。她把一条毛巾当围巾披在身上，在儿童之家里一直跟在他屁股后面问个没完没了，不时到处撞

① 福尔博人（the Fir Bolg，又作 Fir Bholg 或者 Firbolg）在达楠人到达之前就居住在爱尔兰。很多学者认为他们是盖尔族（the Gael）的神。

到门上、花架上。她出奇仔细地听他读故事。有一次，他还在她笔记本里发现了一张图画，上面画了个有四张脸连在一起的女人像。其中两张脸上眼睛是瞎的，还有两张脸被满头的黄头发遮住了。但所有的脸都是黑人。帕德里克很诧异她能画成这样。

星期六下午他们一起去那个公园。那是个人迹罕至的偏僻处，房子全都是老式的红砖建筑，商店的窗户上都挂着沉重的遮帘，篮球场四周有铁丝网围着。他们坐在一排桦树下的木凳上打发时间。帕德里克给她描述了那个跟她名字有关的遥远、陌生的国度。丹娜在脑海里想象出茂密的森林、牛皮做的小舟、高高的茅草上飘着蒙蒙细雨的山谷景象。

还有一天下午，签了一大堆请假申请书之类的东西后，他带着丹娜回家见奥尔拉。奥尔拉作为一个音乐家，给他们演奏了一个小时的大提琴。丹娜躺在沙发上沉沉睡了过去。后来他们带她到海边去，结果她却因为害怕海水的冰凉而退缩了。回到海边的栈道上，他们用一条蓝色围巾把自己裹了起来，三个人紧紧地抱在一起。然后他们开车去了康尼岛，在那里坐了那个巨大的木制过山车。接下来，丹娜又一再地求他们带她回到海边去，于是他们就去了，三个人都在刺骨的寒风中瑟瑟发抖。

"爱尔兰有多远？"丹娜问道。

"要在水上漂很很久才到。"他说。

"那我一定要穿厚厚的外套。"她把身上的蓝围巾裹得更紧了。

"我真的很厌倦那里了，"他坐在床边，对奥尔拉说，"你没见到今天早上他们得知不能参加婚礼的时候乱成什么样了。这帮家伙，鬼哭狼嚎，把门砸得震天响。查理踢坏了音响。玛西亚企图割腕自杀，斯蒂芬妮骂我是个淫棍。"

"早上好，我也爱你，"奥尔拉答应道，"你这个大淫棍。"

帕德里克大笑，一把扯开了鞋带。"今天这个日子结婚，嗯？"

"啊，在我看来也还不算太糟。"她爬下床，走到窗边拉开了窗帘，让阳光照进了小小的卧室。"至少还有太阳。我们可是在毛毛雨里结的婚，记得吗？"

"是啊，可那是爱尔兰，下雨才是正常的。"

"爱尔兰什么时候正常了？"

"听话，把窗帘拉上，好吗？亲爱的，我还想睡会儿。我真的是累死了。"

"好的，"奥尔拉说，"我要去练琴了。别忘了，三点到教堂。"

"那是我最不想去的地方。"

"你可是要领她走红地毯的。"

"是啊。"他说着，摘下眼镜扔在床头柜上，拉起被单蒙上了头。

奥尔拉大提琴的声音在屋里回旋起来，不时被外面的交通噪音打断。帕德里克满脑子嗡嗡地响着丹娜的事儿，昏昏沉沉地睡过去。迷迷糊糊中，他看到在一个小小的储藏室里，一个小女孩蜷缩在毯子下，惊恐地听着外面的声音。他听到一首诗。那是他们在公园里散步时他念给她听过的诗。在《这个世界哭声太多，你不懂》中，他看到那只小手淹没在一个庞大的铜管婚礼乐队中。他记得他们一起在公园漫步的时候，总是回响着爱尔兰神话故事的声音。在《走吧，丢失的小孩》中，她小小的身影走在斜坡上，一头爆炸式的头发，眼睛毫无光泽，发出无言的愤怒。那天下午，她是带着无数的色彩离开儿童之家跟他回家的——她带着绿色的睫毛膏，蓝色封面的盲文书，头戴蓝色洋基队棒球帽，身穿百花烂漫的裙子。在她收拾零零碎碎的东西时，他试图说服她摆出另外的样子来，不过他也不知道到底该是什么样子。

一觉醒过来，奥尔拉正在厨房里做午饭。他走到她身后，双手搂住她的腰。她默默地看着炉子上的汤汩汩地冒着泡。

"我真不想去。"他轻声说道。

她歪着头靠在他肩膀上。

"他是个怪物，说什么都跟嚷嚷似的。"

"可是她爱他。"

"嗯，当然。"

"听我说，亲爱的，"奥尔拉说，"我还有六个月就毕业了。到时我们就可以走了。回到爱尔兰去。或者你可以接受那份工作到俄勒冈去。"

"啊，老天，"他说着，转过身去。他靠在墙上，盯着挂在那个破框里的照片，"我真的很厌倦了，亲爱的。"

"喝碗汤吧。喝了你就不会担心这场婚礼了。"

"喝了我该烧心了。"

"那也行。"她笑了。

"让汤见鬼去吧……"

"我们都租了礼服了。"

"那里全是怪物。"

"你跟你的怪物，"奥尔拉说，"你能饶过人家，少抱怨几句吗？"

丹娜跟威尔是在公园认识的。他坐在轮椅上，灰白的胡子长到了胸前，似乎是要长到掩盖住下面缺失的双腿。他的年龄比她大了不止一倍。外套口袋里总插着一本卷了角的越战平装书。他十八岁的时候，国家给他理了个发，发了一套迷彩服、几件应急装备外加一挺机关枪就把他送上了战场。在西贡的时候，威尔的母亲寄了张明信片给他，说他会平安无事的，因为他们家全是虔诚的基督教

113

徒，他是去"沐浴羔羊的鲜血"。等他回家的时候，是跟着一群缺胳膊断腿的人和装尸袋一起坐飞机回来的。他在一个火柴盒子上回了几句给妈妈。他告诉她说，她说得没错，只是拼写有点问题，虽然越南（Vietnam）跟羔羊的（lamb）韵脚是没错。

丹娜没跟帕德里克说过她在公园里见过一个男人。她这时已经很自由了，可以单独在下午出去，到公园里散步。回去时，她总是脸红红的。他在她档案的最后说了些很好听的话。她也开始学盲文了。他给她从爱尔兰订购了民间故事书，不断地给她读。在政府一个特别项目的资助下，她学会了在导盲犬的带领下独自外出。她按自己的想象画了更多神秘的丹娜像。这些画像现在更加独特，色彩艳丽、狂野，对比鲜明，但线条相对温和。帕德里克开始考虑是不是要让她去上艺术院校。晚上回到家，他开始搜索大学招生简章，浏览新英格兰地区的校园照片，那里红叶覆盖着古朴的大楼，背后山顶上还露出一角小小的尖塔，俊男靓女们三三两两地布满草地。当他告诉她他能够为她申请到奖学金的时候，她只是笑着点了点头。

后来在自己的办公室里，他才从另一个辅导员那里听到了她要结婚的消息。他一开始一笑了之。他认识威尔，在地铁车厢里见过他。他一般敲着个铁罐子，在人群中艰难地挪动着自己的轮椅。这个越战老兵眼里凶恶的伤感让车厢里的乘客都侧目。他转着轮椅来来回回，戴着没有手指的手套叮叮当当地晃荡着一个罐子。他就住在离儿童之家不远的一个破烂小屋里，那里是几个难民和老兵的黑窝，聚集了一帮愤世嫉俗的人。

等帕德里克问丹娜结婚的事时，她只是抬起头，拿手指撩起头发说威尔爱她，什么也阻挡不了她。他们一起坐在那儿，沉默了很久。小女孩对自己的外套百般不舒服，眼泪在眼眶打转。丹娜走出办公室的时候，他走到窗边，一句话也没说。后来她问他能不能在婚礼上领她走红地毯。他答应了，不过自己却在公园里散了很久的步，第一次注意到当他把一枝小桦树枝扔进池塘里的时候有那么多眼睛注视着他，灰的、蓝的、褐色的。

帕德里克和奥尔拉到教堂时，大厅里的座椅还空荡荡的。威尔的几个朋友聚在神龛前，围着轮椅俯身给新郎整理一条淡蓝色的窄领带。威尔还时不时偷偷从一个小瓶子里呷上一口，在自己的假腿上擦擦手心的汗。他今天戴了一副新的无指手套。那个神父似乎有点喝醉了，跟跟跄跄地从圣器室里走出来，法衣上还沾了个红色污迹。几个长头发的越战老兵带着"不要核蛋"的徽章跑来跑去，扛摄影机的架势就跟扛着火箭发射器一样。

最终大概来了三十几个人，包括两个辅导员带来的儿童之家的六个盲人同伴。走廊上聚集了四条导盲犬，有一条在大声地吠叫。

看来儿童之家的领导改变主意了，不过帕德里克注意到，不管是吉米、玛西亚，还是巧克力查理都没来——昨晚的骚乱之后他们肯定是被关禁闭了。

奥尔拉在帕德里克脸颊上轻轻吻了一下，找了个前排座位坐了下来。他站在教堂后面等着。他两手插在裤袋里，朝几个人点了点头致意。他低声自己咕哝着，扭头朝停车场看去。丹娜终于乘着一辆破旧不堪的老爷车出现了。她的帽子上挂着长长的白色飘带。她的婚纱很长，收腰后拖在地上。眼睛周围的妆已经花掉了。她把头发梳到脑后，紧紧地扎成了一个圆髻，手上捧着一束鲜花。帕德里克赶紧走到车边，伸出胳膊让她挽着，然后朝教堂的台阶迈步走去。旁边几位客人开始咔嚓咔嚓地照相。

"帕德里克，"她拽着他的胳膊说，"我看上去还好吧？"

"棒极了。"

"真的？"

"非常漂亮。"

"谢谢。"

"不过，要改变主意还来得及。"

"你现在就是我父亲了，"丹娜说着往他身上靠了靠，"这时候可不能说这样的话。"

他紧紧夹着她的胳膊。旁边有吉他演奏婚礼进行曲，调子有点高，而且铿锵有力。他想给她描述一下教堂里的情景，彩色玻璃窗，一排排的肩膀，座椅旁边的导盲犬，神父在神坛中间微微摇晃着身子，不过他知道她没心思听。他领着她慢慢地走在走廊中间，大家的头都随着他们两人移动。等到神父走上来接过丹娜的手、把她带上神坛时，空中飘过来一股酒味儿。她轻松地走了，帕德里克咚的一下坐到了奥尔拉边上。

"现在我们只能坐着看戏了。"他说。

结婚仪式开始了，他一把抓住了妻子的手。不过事情进展得可没那么顺利——神父的誓言念得磕磕巴巴的，摄影机上红色的指示灯像是盘旋在教堂里的麻疹，走廊里一条导盲犬不停地摇着尾巴。布道非常简短，神父把这场婚礼和迦南婚礼①相提并论。威尔和丹娜笨拙地交换着戒指。帕德里克看着威尔满是胡子的脸凑过去吻新娘。吉他又梆梆地奏起了六十年代的调子。

"我们回家吧。"帕德里克趁神龛边上的灯亮起来时低声说。

"那后面的晚会怎么办？"奥尔拉低声回应道。

"不过是些鸟食和狗粮。"

"老天，你就当发发善心，行吗？"

"嗯，好吧。"

"现在把你那'嗯，好吧'的屁股抬起来跟着她到走廊上去。"

---

① 《圣经》中记录耶稣在迦南参加婚礼并显示神迹，将水变酒的故事。

她低声命令道，捅了捅他的肋骨。

　　他看着威尔费力地转动轮椅要爬上神坛前面的斜坡。这个老兵的胡子今天特地修剪过了。他看到帕德里克在看他，就眨了眨眼。帕德里克也点头回应。丹娜脸上堆满了笑容。她在牧师的搀扶下摸索着走下了走廊，走上台阶，朝威尔的轮椅走过去。她下意识地伸手去摸把手，抓住它然后开始推动轮椅。丹娜的鞋跟绊着了自己的婚纱，不过她又调整过来，推着轮椅继续前进。当她推着轮椅以一种少见的轻快方式阔步前进时，教堂里响起了善意的笑声。

　　威尔的几个朋友在入口处已经端着五彩纸屑等着了。

　　帕德里克在后面看着丹娜推着轮椅下了坡道，觉得他俩似乎融合在一起了，彩纸飞落在他们的肩膀上。"往左一点，"威尔指挥道，"注意栏杆！"彩纸继续落在他们肩膀上。砰的一声，香槟被打开了。神父伸手要了只塑料杯子。新人后面聚了一群人，都拥在一起。丹娜手里的花掉了。她在威尔耳朵边小声说了点什么，然后他指挥她把轮椅转了过来。一切都操作得那么轻松、自然。

　　帕德里克走过去捡那束花，不过威尔一把抓住了他的手臂。

　　"我没问题，伙计。"这个老兵说道。

　　"我只是把花捡起来。"

　　"我没问题。"他又说了一遍。

　　"你确定？"

"我的腿回来了。"

"啊。"帕德里克答应着，不知道他是什么意思。

"她的眼睛也回来了。"

"对，是的。"

"你懂我的意思吧？"

"我明白你的意思。"

"我们今后就相依为命了。"威尔说。

"对。"

"你知道会是什么样子的。"

"当然，很好。"帕德里克说。

"我们现在就差皮肤移植了。"威尔说着指了指丹娜。他发出一阵爽朗的笑声，然后转身对着丹娜说："你听见了吗？我们下一步就是皮肤移植。"

帕德里克尴尬地退了回去，双手深深地插回口袋里，脸颊都红了。他挤出人群，远远地看着威尔把花交回丹娜手中。他从没注意到丹娜有那么漂亮。手指修长，指甲尖细，脖子周围的发丝狂乱地盘旋着，眼睛周围的皮肤泛起红晕。人们围着威尔，他伸出手去和他们一一握手，还拉着丹娜的手去跟他们握手。帕德里克想走过去说点什么，什么都行。可他又不知道该说什么，说世事难料吗？还是说机不可失？于是他就静静地站在那里，跟自己的影子一起生了根。

他突然想到了儿童之家那边——巧克力查理在踢坏了的音响边上颠球，玛西亚看着自己手腕上又多了条细细的伤疤，吉米在枕头下藏了一盒火柴。明天早上，他们会一窝蜂地挤在自己面前，对这场婚礼提出数不清的问题。他们会在餐厅里拿面包打仗。洗衣房袜子会丢一两双。食堂里还会有人打架。一切平常的事情都要发生，时间就是这样一秒、一分、一小时地过去了。

帕德里克拍了拍自己的鞋子，发现来的时候忘了擦了。他在人群中寻找奥尔拉，看到她坐在教堂台阶的边上，手里拿着两个塑料杯子。他从裤袋里抽出手来向她走去。她朝他举起手中的香槟，他点头回应。一开始很慢，后来就变成了小鸟啄面包屑那样一上一下有节奏的了。

一个硬币有几面

　　我以前很喜欢她给二十五分的硬币上色的做法①。涂得花花绿绿的，让人眼花缭乱。鬼知道她是怎么把颜料粘上去的，因为相对她娇小的个子，手却有些粗短。她肯定是用了很细的画笔。我一般下午五六点才下班，回家时她总是躲在后面的温室里忙活。那个温室被我们改成了一个小小的工作室。她就伏在桌边，全神贯注于把那些硬币弄成五颜六色的。实际上她从没让我进过那个工作室。那儿是她的天下。有时我从厨房里可以看到她穿着那条巨大的围裙，飘过所有的花盆来回奔忙，就像是被那个大风扇吹得到处转悠似的。达拉斯②的夏天一直很热，但那一年尤其热，热得都可以煎鸡蛋了。

　　我一直没见过那些硬币。直到一个星期六的下午，她跟珍妮到

① 美国硬币的一种，正面是美国国徽，一只抓着橄榄枝张开翅膀的老鹰，背面是美国独立宣言起草人托马斯·杰弗逊的侧面像，周围刻有"自由"和"我们信仰上帝"字样及发行年份。
② 美国得克萨斯州东北部城市。

121

布拉索斯河上划船去了，我要修理她的那辆卡尔曼-吉亚^①旧车，里面的配电器盖子锈了，得找一把螺丝刀把它撬开来。这样我才进入温室，看到了那里有几样特别的工具，还有桌上的那些硬币。一排排的，全都是涂好了的。

硬币上的老鹰有的被涂上了彩色的翅膀，有的翅膀上还多了一个小小的图片——电视、无线发射塔、汽车什么的。而那条橄榄枝不知怎么就一直是黄色的。最奇怪的就是你能看穿杰弗逊的脑门。我的意思是说这家伙牛得让大家受不了，又是民主的奠基人，又是什么什么的，可现在你却可以看到他脑袋里有个小小的苹果，或者后面的发髻上蜷了只奇怪的动物，或者被涂上了口红，或者他假发的发髻被改成了中美洲地图的样子。还有硬币上的年份也都点上了彩色圆点。一九七四年点的是黄点，一九八九年是绿的，这也很令人费解。然后，其他地方就更加绚丽了。她把所有的字迹都涂上了颜色。有一个用鲜嫩的粉红色涂成"我们信仰O"，因为上帝那个单词 GOD 的 G 和 D 她都没涂。

我向来对现代艺术什么的都不大感冒。我喜欢雷明顿^②的作品，可是其他的就都是垃圾了。不过这可不是垃圾，你看，多有意思啊。真的，我很喜欢它们。

---

① 德国大众公司四五十年代出产的经典车型。
② 美国西部艺术家、雕刻家。

劳拉发现我进了她的工作室后很不高兴。"天哪，那是我的工作室。"她把"我的"二字说得特别响。

"这还是我的房子呢。"我说。

"那是我的作品。"

"你是我老婆。"

"你是我该死的老公。"

我们结婚已经三年了。那天还是情人节前后，可我们俩都忘了。也许是因为我在实验室太累了——我是一个教授的实验助手。教授正致力于破解DNA密码，试图将它们重组——有时候一天要工作十个甚至十二个小时。她一直就喜欢画画。她家境挺好的，爸爸是休斯敦的银行投资人，我估计她十来岁的时候肯定花了不少时间学画画。

一次我醒过来，发现她坐在床边把我的脸画到硬币上去。她在床上弓着身子，手里拿着那些纤细的画笔和颜料碟，画得一丝不苟。啊，我就想看那枚硬币。不过在温室里找了又找，却一直没找到。它肯定就藏在那儿，因为她跟我说她绝对不会把它们花掉的。我找了几个小时，桌子底下、花瓶里、装饰的生铁架子里、窗台横档里都找过了，就是没看见。我估计她是给我画了黑眼圈、大秃瓢、凸颧骨之类的，肯定是丑化我呗。

不过我还找到了另外一些硬币，都是些自画像。她把自己的脸画在杰弗逊上面，留着长长的红色披肩发，侧面看到的那只眼睛也涂上了睫毛膏，嘴唇张开着。很漂亮，画得很好。我知道她为什么这么做了。她一直就很漂亮，从我认识她那天起就这么漂亮。于是我就拿了一个硬币放进了自己的钱夹里。工作的时候时常拿出来看一眼。我的工作主要就是不断地抽取血样。

一天晚上我回家时她不在，于是我就到酒吧去坐了坐。我们住的那个小区非常好，最近的酒吧就在公路边上。酒吧里很暗，很多人都在角落里消磨时光。有时能看到一些陌生人。不过重要的是，你对别人也不了解。我就坐在那个酒吧里，跟酒吧招待保罗聊天。结果发现他业余还搞搞计算机。当时那里没什么人，于是我们就一直聊，聊什么计算机排序、研究还有麻雀什么的。然后突然间他指着我手上大笑，搞得我面红耳赤。

"那是你的副业吗？"他问我。我低头一看才发现手上那枚硬币已经玩了半个小时了。就是劳拉的画像，脸上满是红的黄的。

我问他是什么意思，他伸手从底下掏出了二十多个这样的硬币，它们一个个从他指缝里掉下来，有前额上带着和平标记的杰弗逊，有一个上面的自由一词被缩短成伯特[1]，还有穿着胸罩的老鹰，总之都花花绿绿的。他说他喜欢收集从玫瑰俱乐部来的客人们给的

---

[1] 英文单词自由（liberty）把前后字母涂掉只剩 bert，俚语里有男妓的意思。

124

这些奇怪的硬币。他告诉我那些在玫瑰俱乐部的家伙总是用这样的硬币，有时还有女孩子。还说是那里的一个舞女做的。

"他们把硬币投在自动点唱机里，"他说，"这样晚上就能搞清哪个硬币是他们的。你看有红的、绿的、蓝的，什么颜色的都有。不过这种最棒。这妞儿一定是个艺术家。我真想看看这妞儿舞跳得怎么样。"

这些事我一点都不知道，但我觉得这很神奇，我是说我们不知道的事往往都很神奇。那天晚上我回家，开着那辆卡尔曼-吉亚想一头扎进温室里，给它一个穿心凉，把它撞个粉碎。劳拉那天很晚才回家，回来也就直接进了温室。她看起来真是年轻漂亮。经过我身边的时候她说："你看上去累坏了，亲爱的。"她真的是这么说的。她说"亲爱的"。我坐在那儿，在厨房里，琢磨着这次她会画上什么脸。

几度癫狂

　　真是只可怕的杜鹃鸟，就那个，那个头上还戴着几枝杜鹃花的娘儿们。不停地咬着指甲，好像几百年没吃过饭似的。昨天，她一下午在温室里都围着一个水坑转，一圈又一圈地转，就像世界末日到了似的。我刚把该死的地板擦得能照出人影儿来，这家伙又弄得一地泥巴。一句好话都没有。不过她平时可没有这一半的讨厌。身上穿的宽大病号服有点走光，领口敞开着，都看得到乳晕了。就她那痴痴呆呆看着窗外的架势，还以为外面的星星上有台电视呢。最近放的是《犁与星》①，帅哥汤姆·克鲁斯主演的。不过她头发可真得剪剪了，瞧它乱的，把嘴巴都给塞住了。多洛雷丝昨天给她洗了澡，说她腋窝臭死了。谁他妈好几天到处晃荡又没澡洗还不臭的。他们哼着歌把牙刷塞进她嘴里乱搅一气。给她打的镇静剂都能撂倒

---

①　爱尔兰剧作家肖恩·奥卡西（1880—1964）的代表作都柏林三部曲（《枪手的影子》《裘诺与孔雀》《犁与星》）之一，表达了作者在爱尔兰独立问题上的社会主义立场。1926年在都柏林上演时曾引起拥护者和反对者之间的骚乱。

一匹马了。

她家里是铁路的。被拽进来的时候我一眼就认出来了。十二年前，她跟着爸妈从都柏林搬来的，就住在山脚下那栋橘红色的旧房子里。那房子可真是突兀，就像一节车厢耸立在一个水泥台子上。周围是一圈花圃和石墙，还有大片的绿地，怪不得她也长得这么愣头愣脑的。按我们那里的说法就是一只杜鹃鸟。警察把她带来的时候她还算是只正常的杜鹃鸟，只是不断地拿头撞巡逻车的门，好像是为了她家房子的事。

我永远都记得他家搬过来时的样子。从火车站里开出来一辆巨大的卡车，后面拉着那个庞大的橘红色玩意儿。那么多年在铁路上风吹雨打的，已经有点锈迹斑斑了。这可真是鬼斧神工，她老爸也不知道花了多少钱才雇了辆卡车把那东西拖上山的。我记得车子转过拐角的时候，她从窗户里往外张望着，一脸的茫然。那时候她才不过八岁，头上还扎了跟发带。那年我也才六岁，因为攥着个爆竹在手里爆炸了，给自己戴上了一根很久都摆脱不掉的绷带。我跟着那玩意儿跑啊，不过它开得太快了。后来其他小孩跟着跑上山了，它就是在那儿被放了在了水泥台子上。他们要她出来玩。不，她老爸说，她得看书。从那以后我们都知道她是个怪物。

她爸是个天天望着星星画地图的人。就像电影《爱上罗姗娜》①里的达丽尔·汉纳，就是有大鼻子男人的那部。只是她爸个子很小，总是戴着一顶贝雷帽。他经常在小屋周围转悠。他们家屋顶下有时会伸出一支望远镜来。据说他是白天睡觉，晚上干活。他甚至有一次跑到加利福尼亚去就为了看一眼那里的超级望远镜。这就能解释《犁与星》的事儿了。那是她今天晚上就要去看的戏。现在她在窗户边走来走去，有时又跪在床边，盯着窗户外面，嘴里好像在念什么祷告词。旁边站着麦琪和缪娜。这可是对活宝。等乔吉那娘儿们回来了可就更有戏看了，我保证。

她妈也是个怪人，专写些摆弄花卉的书。这可是个高级话题，只要你不是个白痴的话。她总是开着车在外面参加各式各样的花卉展，车后座上堆着五花八门的花瓶。也不知道在我们这样的乡土路上，她怎么保证那些瓶子不被震碎的。人们还经常看到她拿着个显微镜一样的东西到河边去看花。不过，我们这一带的怪人也不是一两个了。

我正在储藏室里打瞌睡的时候听到护士们在说她的闲话。看来她老爸除了星星还喜欢马。他在斯文福特路上撞车之前已经把一大

---

① 1987年的电影，讲的是一位什么都有、什么都好、只有鼻子比别人长的人，却爱上了一位美丽聪明的女天文学家（达丽尔·汉纳主演）的故事。

笔钱投在了利奥柏斯城赛马节上一匹排名第五名叫陷坑的马身上。这匹老马没跑到第二圈就倒下了，他老爸也没告诉任何人，结果他们家的房子突然就归都柏林的一家银行了。就这么回事，头一天你还舒舒服服住在自己的小屋里，老爸抬头看着星星，老妈照料着本来就长得挺好的花花草草。哪想到隔天，爸妈都在车里被压扁了，就在斯文福特路上的那个拐弯处，遗嘱连个屁也顶不上。一眨眼，房子归银行了，你手里连能碰响的两个子儿都没有就被赶到大街上了。轻飘飘的一句话，你就拎着两个塑料袋子站在大街上。度纳斯便利店 ① 的也比那值钱多了。

难怪她坐在那儿身子抖得跟筛糠似的。

护士说银行还算发善心，让她多住了半年。这倒是真的，因为车祸后我还在那儿看见过她呢。她就坐在一把草坪椅上看着这世界来来往往的，快活得跟仙子似的。我朝她挥挥手，不过估计她没看见。可是银行在跟矿业公司谈判了，她没几天好日子过了。可怜的孩子。几天前，银行经理借给她一套公寓，就在报社旁边。可是她不愿意住。真傻。保安看到她一天到晚闹着要到那房子里去，哭着喊着要去看她妈的花圃。我有一次亲眼看到她在桥下喊得嗓子都破了，头上插了一头的花。我又朝她挥了挥手，可还是老样子，她根

---

① 爱尔兰都柏林的一家超市和服装零售店。

本没看到。要我说那真是疯了，站在冰冷的水里还不给冻死了。

而且她还很野。那天被送到这儿来的时候，谁都抓不住她的手脚。壮得跟头牛似的。我真奇怪女人哪来那么大的力气。巴尼照例没客气，趁着护士不注意，照她腮帮子上就扇了几个巴掌。这可真不应该，他说那娘儿们吐了他唾沫，不过他的话也不大可靠。我敢说他肯定是下一个砸破马桶的，你就等着瞧吧，那是巴尼说的。也许他说得没错，可不管怎么说他不该扇她耳光。巴尼那小子就是跟马桶过不去。他痛恨擦马桶。他就是一直负责刮干净马桶上的大粪的人。所以当那个疯女人站在马桶上面朝外拉屎的时候情况就更糟糕了。

不管怎么说，乱七八糟地折腾了一番之后，她倒是老实了。不管她那个脑袋里想的是什么，反正她现在又痴痴地望着窗外了。多洛雷丝说车祸前看见过好多次她跟老爸一起在小屋的屋顶上。两人拿着个红色的电筒在那儿看地图呢。有时候还用夜视镜什么的，据说能看得更清楚。现在可没有这情景了。她能看到的星星只有那些被他们强行灌下去的黄色小药丸。等她们把乔吉从都柏林叫回来，她们俩要开个舞会。乔吉就是这样迅速疯掉的，把冰水注进静脉里，能一下让心跳得跟火箭似的。下流招数。她和乔吉是整个病房里最年轻的两个。而且乔吉也喜欢往地板上撒尿。每次我清理厕所的时候都差点摔死。

约翰尼·洛根被那些矿工小子气坏了。他觉得他们滚得越远越好。不过他已经成家立业了，有了一辆欧宝曼塔车，一栋四个卧室的房子和县议会的一个席位。他反正是不用找新工作，可我和巴尼就惨了。他要是把那些矿工赶走了，那对于巴尼来说可是一个重大打击，那是肯定的。我也绝对不会再投票给他了。他从前跟我们是一样的滥小子，后来靠解决工会罢工起的家。可就像巴尼说的，他这次是咬错人了。

今天晚上喝得实在是太多了。光天化日之下，跟巴尼在汉波特酒吧的姑娘堆里灌了无数猫尿，史密斯维克啤酒①，狗的蜜酿，巴尼说。我们真是替那些娘儿们喝了不少。

不管怎么说，所有文件都签字、盖章送过去了，巴尼说。银行把你女人的小屋卖给矿上了。他们现在已经开始勘察山头了。照那些西部牛仔的说法，那该死的山里面有金子。到处有传言说那些矿工一旦开工，这里就有的是活儿了。那可比每天洗地板和厕所强多了。约翰尼·洛根还在吹牛，可是这对他有好处，对他和其他环保主义者都没坏处。山上会开一条路，这

---

① 爱尔兰健力士（Guinness）集团下的啤酒品牌。

已经是不用任何条件、没有意外和反悔的了。要是他们想要平静和安宁的话，还可以到凯里、马霍卡岛①甚至他妈的法国去度个假。

我自己上那儿看了一眼。矿工们已经在小屋前插上了一块大牌子。上面画着一座阳光明媚的山峰。要是他们雇了我和巴尼倒也真的阳光明媚了，那是一定的。那些矿工很有钱，这也是明摆着的。那我们可就笑死了，可能还会从阿姆斯特丹或者纽约或者不知什么破地方招来小伙子呢。他们在那个车厢周围拉上了铁丝网，好几台杰西博挖掘机和搅拌机还有一台蓝色的大垃圾车已经开进去了。花圃已经被铲掉了，那是一定的。那儿看起来跟以前不一样了，这也是正常的。工作就是工作。要是他们不雇当地人，那就等着瞧吧，谁怕谁啊。

那娘儿们肯定是知道小屋要被拆了，因为当天晚上她又闹开了。他们想方设法要把她抓住，最后连海姆立克氏操作法②都用上了。当时唯一的值班医生是个瘦骨嶙峋、满身洋葱味儿的人。护士们最后把在清洗厨房的我也叫过去帮忙了。包括巴尼在内，我们一共六个人。不过那天晚上巴尼倒是没有动粗。就算是穿着病号服她

---

① 凯里是爱尔兰西南的旅游胜地，马霍卡岛是西班牙东部巴利阿里群岛中最大的岛。

② 上世纪六七十年代由美国外科医生亨利·海姆立克发明的利用肺部残留气体突然呼出而形成气流冲出异物的急救方法。

也还是很好看的。巴尼后来问我有没有趁机占点便宜。他有时候就是那么混蛋。长话短说吧，后来从她口袋里掏出一堆糖包。肯定是从食堂的碗里偷来的。一个个小白包。也许她真喜欢吃甜食。

一干人等手忙脚乱，好不容易把这个捣乱的娘儿们搞定了。穿上了灰色病号服，抽掉了鞋带，亲爱的，把项链也交出来。墙上贴上了那种白白软软的东西。这样她就不能拿一头褐色鬈发撞墙了。

真是可怜，没了父母，连房子也没了。护士们叫她奥菲利亚，因为她总是头上戴着花。除了巴尼说她活该，谁见了都说可怜。二十岁了，活得连一个他妈的女酒鬼都不如。

还是没有乔吉的音信。他们肯定不知躲在什么地方不顾死活地给她做各种各样的测试。丁夫娜·奥康纳今天超赞，都可以送回吉尔提马①老家了。不过这里整个一团糟。厕所第三个隔间里塞满了卫生棉条，橡皮手套也不见了。又是玛丽·马歇尔干的。真该好好教教那个女人。巴尼跟我讲了个什么爱娃掉河里的笑话，可现在我死也记不起来了。过几天我跟巴尼就有新工作了。这是没有问题的。到时候，我们就跟那些矿上的小伙子一样，穿着三件套的套装，打着漂亮领带了。让精神病院的医生自己去舔地板去吧。

_____

① 爱尔兰梅奥郡的一个小镇。

奥菲利亚今天在隔离间里倒是挺安静。我以前常常很奇怪怎么一直没机会在镇上见到她，她就那么乖乖待在家里吗？后来搞清楚了，那些护士说，为了把她留在家里，她老爸跟教育委员会大吵了一架。可怜啊。连毕业舞会什么的都没了。倒是跟我有点同病相怜，我中学就没读完，连戴领结的机会都没有。她住在那间小屋里，估计什么新电影也没看过。天啊，那也叫生活。

　　护士们还说她老爸教了她一些稀奇古怪的玩意儿。他一直反对空气污染还有泥炭沼什么的。他跟洛根及其他一些环保主义者都是朋友。在我看来，你要想搞这些事情之前得他妈的非常有钱才行。不信你看看电视上那些人，抗议捕鲸残害海豚之类的，都是吃饱了没事干的。还有女厕所里乌七八糟的涂鸦：把同性恋鲸鱼都灭了，真他妈想得出来。

　　她的眼睛是我见过最蓝的。我得为她说说好话。我还要到隔离间给她念那些稀奇古怪的诗。那天盖里克医生去把她带出来了，可她又闹得不像样了。结果又被关进白房子里了，这个落井下石的医生。这家伙就是个咆哮器，没见过这样的人。怎么能这样对待病人，到哪儿我都敢这么说。

　　她真是个喜怒无常的人。假装老实了两天，回到了宿舍。她真能装。那天我正清理马桶呢，她悄无声息地进来了。哎呀，我说，还得等一两分钟。然后她就靠在那儿，眼睛直勾勾地看着我，问我能不能到楼下商店给她买几瓶糖浆，然后就塞给我几张五块钱的钞票。我能相信你吗？她问，努力装得很正常的样子，其实她刚被灌了好些黄色药丸呢。拉扯过后，她的病号服更加松垮了。换了巴尼就不知要冒什么坏水了，不过我从没告诉过他。她就站在走廊那儿冲我眨着眼，直到多洛雷丝找到她，拽着胳膊把她抓回病房了，可怜兮兮的。

于是我就去买了糖浆，不买白不买。只不过自己还添了八毛六。我趁着他们吃饭的时候回去的，偷偷把瓶子塞在了她的床垫下。我一个字也没跟巴尼提。提了的话又得被他羞辱一番了。上回我只说了句她也没那么糟糕，结果就被他叫做哈姆雷特了。那混蛋经常躲在储藏间里胡搞呢。

那天凌晨四点我正在打扫走廊，夜班护士们肯定是睡着了，要不就是她走路跟老鼠一样没声没息的。你就是救世主，她跟我说，往地上撒了四朵粉红色的花儿。她病号服前面洒满了糖浆。那些花儿在地上被抹布的水沾湿了，我把它们晾干了收在一个瓶子里。不知怎么，我有种奇怪的感觉，她根本就没疯。她还问我知道小屋在哪儿吗，我说当然知道。接着她就要我帮她照几张照片，她要挂在床头，因为她很想家。然后她突然开始在走廊里跳起华尔兹来，老天。

今晚她又要了糖浆，照例又泼了一身。乔吉回来了，安静得出奇，跟鬼都没说一句话。

那些矿工小子开始到这里来找快活了。门口停了两辆宝马。巴尼说仙人掌跟宝马的唯一区别就是一个外面有刺儿。这家伙有时也能说句有意思的话。不过要是他们实在要放一辆在我门口的话我也不介意，那是实话。那些车都是都柏林的牌照，就停在小屋前面，锃光瓦亮的。他们雇了麦克拉维蒂和他那三个该死的手下来修一条连接主路的柏油马路，从山上一直修到山谷里。这是个大活儿，却跟我没关系。麦克拉维蒂说了，他们得把这活儿干好了才能正式上班。

县议会里吵翻了天。约翰尼·洛根开始声称那些山是神圣的，矿业公司应该滚回孚莫小镇①去，去给那里的屠马场挖几副马骨头。那家伙真是长了张政客的大嘴巴。可是不管怎么说，在我这里，还是没有一份像样的工作。

我到那儿拍照的时候真得为奥菲利亚想想了。那些该死的照片会伤透她的心的，说不定可能还会引她疯癫呢。鲜花草地全没了。

---

① 都柏林郊区一个小镇。

后来一个保安探出头来问我是不是记者，然后喝止我不许照相，说是犯法的。我当时还不想失去跟他们一起工作的机会，于是就打开相机后盖，抽出了胶卷。就这样，啥事儿也没有了。事情还是这样好办点。趁着大伙儿一起走出餐厅的时候，我悄悄告诉了奥菲利亚这个消息。她倒是异常的镇定。但今晚她没有陪我干活。现在我知道她口袋里藏了一堆糖，估计连她的蓝色袜子里也全是。

来了一本新杂志，里面说的全是电影。我在上面看到一幅丹尼尔·戴·刘易斯① 莫西干人② 打扮的照片。我正看得起劲，有人进来了，是穿着白色护士制服的多洛雷丝，她狠狠地数落了我一顿，说我不好好干活，还一把把杂志从我手里抢走了。我真想回一句"是谁光说不练啊，一整晚只会在厨房里滔滔不绝地说病人坏话，值班的时候睡大觉"。后来，我看到她拿着我的杂志跟别的护士看得口水直流。她们一个个都觉得戴·刘易斯身材棒极了。看来我得把头发留长，好好修修牙齿到好莱坞去混了。看好了，这是飞斧手马蒂·莱昂斯。

不过，四点半我在擦走廊的时候，奥菲利亚还是出来给我跳华尔兹了。她跟我说哪天晚上我们一起到外面走走吧，只有你跟我，

---

① 英国和爱尔兰籍演员，代表作《我的左脚》《血色将至》等。

② 北美印第安人一分支，以骁勇善战闻名。

去呼吸点新鲜空气。我啥也没说，老老实实地擦地板。她要是觉得我会跟她出去压马路那就绝对他妈的是个婊子。她还继续问我要糖浆，我还是一句话没说。我想的是该不该向她要那八毛六呢，最后还是算了。

巴尼今天把他的申请表交给矿上的小子们了。他们在招挖掘机司机，他说。他跟他们说他给县委会干了他妈的七年的活儿，然后才去的疯人院。于是我也就去填了张表。那屋子现在可整得真不赖——地毯那叫一个豪华奢侈，还有无处不在的音乐声。传真机忙得跟他妈华尔街似的。原先天文望远镜的那个洞也被他们堵住了。好吧，算是进步吧。三件套们问我原先开过推土机之类的没有，我实话实说了。那人也很老实地告诉我说虽然已经有好几个有经验的人申请了，可他们还是会关注我的档案的。这家伙要是信了巴尼的吹牛那真是脑子被门夹过了。不过反正最后的结果是，你老老实实的话，门就砰的一声狠狠关上了。

乔吉和奥菲利亚今天又发飙了，因为下雨没让她们去散步。我是五点去上班的，看到她们又跟大家隔离开了，被关在餐厅里，气得跟报警器似的怪叫。奥菲利亚的袋子沾满了糖，不知道的还以为她整了一天的甜菜呢。乔吉手舞足蹈的，疯气十足。看来她们已经很般配了。也许奥菲利亚身上的白色玩意儿都是她自己拉出来的，谁知道这鬼地方会出什么样的怪事啊。倒霉的是，这两疯子在所有的人当中，唯独就指着我，然后开始狂笑。有件事他妈的得说一下，要是巴尼再叫我什么哈姆雷特的话，我一定把他的脑袋拧下来，在他脖子上插根棍子。他最好老实点，否则我就到矿业公司去举报他。这可一点也不费事，本来就是事实嘛。

这鬼地方快要把我弄疯了。杰拉尔丁·麦凯布在隔离室里又被抽耳光了，因为她把体温计给吞了。尤娜·哈里森的父母六点钟探望过她后留下了一盒吉百利牛奶巧克力，结果被麦琪和缪娜给吃了。估计女孩子们就喜欢牛奶巧克力吧。玛丽·马歇尔又往厕所马桶里扔卫生巾了。巴尼把这摊子屎扔给我了，这个懒猪。

她已经来了两个礼拜了，一直都很乖。我觉得这个国家一半的人都没她正常。这个可爱的小娼妇总能在晚上躲过护士，溜到我做事的地方来跟我说上一两句话，没油没盐的。一天晚上，她突然高谈阔论起了宇宙扩张、地心引力什么的。然后她死死地盯着墙壁，心思不知道飞哪儿去了。接下来她又开始聊池塘边的花儿。她的嘴唇又细又长，就是稍有一点抽搐，一点小瑕疵。奇怪的是她裤袋里不时传来丁丁当当的声音。宽大的袍子底下扣子上面，乳头立起来就像月亮上的火山口似的。她的嘴巴真是大极了，女人嘴大才性感。那些杜鹃花看起来也不赖。人有时候真是眼瞎啊。真奇怪巴尼在储藏室里办事后也不找副眼镜戴戴。

我们已经开始不时出去散散步了，就我跟奥菲利亚。什么事儿也没有，真的只是走走，可是巴尼就像台该死的录音机。喂，哈姆雷特，你们半夜跑去吃夜宵吗？你觉得她能在月黑风高的晚上从一个五十尺的水管里把高尔夫球吸过去吗？我发誓那混蛋就是欠抽，不过他个头太大了。说不定最后吃不了兜着走了。他现在在疯人院倒是快做到头了，马上就要收拾东西到矿业公司去上班了，开着他的推土机横冲直撞。话说回来，要是有人看到我跟奥菲利亚在外面走的话，我还是会被赶出去的，这倒是实话。那可不聪明，他说，哪怕是对像你这么笨的人来说。我们经常做的是我拿钥匙从后门溜出去，拎着鞋穿过沙砾小道，去到花圃里。她痴迷地端详着花儿，还不时摘一两朵插到头发上。

是得小心点，可是她还要我明天带她去小屋那里。我跟她说那样可不好。她问为什么。我还没告诉她搅拌机的事，不过我提了一下我为什么没得到开推土机的工作的事儿。她说她知道推土机，就是想到那里看一眼。接着还说了些好想好想家之类的可怜话，还有和她老爸开着他们家小屋环游宇宙的傻话。照我说，这才是真的疯话。就他们家屋子趴在水泥台上的那副德行，我敢说它哪儿也去不了。不过最后我还是答应了，我们哪一天是可以到那边逛一下的，但最好别让人给逮着了，否则我麻烦就大了。她听了冲我直眨眼，叫我谁都不要说。那些花儿也都颤动着掉了下来。不知为什么，她跟乔吉也不是很亲密了，还说她一点也不喜欢巴尼。我告诉她巴尼快要走了，她可高兴了，不过我没跟她讲巴尼接下来去做什么。这几个星期她已经受够了。

她说他们都疯了，非逼她去看牙医。她扯开腮帮子给我看本来是白齿位置的大洞。我说那是因为你吃多了糖。她听完笑得歇斯底里的，说每次医生给她黄色药丸的时候，她就偷偷把它们藏在舌头底下。然后把它们都藏起来了。要是他们撬开她的腮帮子看就有她好受的了。她才不傻呢，奥菲利亚。肯定是从哪部电影上学来的，说不定又是该死的汤姆·克鲁斯演的。

*

该死的多洛雷丝和她的狗眼。我们正在走廊里讨论出去散步的时候她来了。还是一身白制服，大呼小叫地说我私下跟病人聊天。奥菲利亚无语地溜回房间了，拉长了脸非常郁闷。多洛雷丝威胁说我要是敢再犯的话就要向上报告。这娘儿们每天都像跟屁虫似的在我后面唠叨、擦地板、洗水槽池子，储藏室又要清理了。有时候我真想跟她爆一下巴尼在里面手淫的事儿，可这又有什么用呢？那家伙没几天就要去加入那帮矿工小子了，再过几天，他就要穿上路易斯·科普兰牌的三件套，开上宝马了。我今天又给他们打电话了，可他们说人事招聘暂时中止了。我他妈真够走运的。

这时我开始想着和奥菲利亚亲个嘴什么的了。不知道她会不会介意我的牙齿。我真的要想一下什么时候去上个牙套了。我要跟牙医讲讲奥菲利亚私藏黄色药丸的故事。那家伙一定会很感兴趣的。没准还会给我打个折呢。

她把这次行动叫做试验。谢天谢地多洛雷丝那天休假。巴尼已经走掉了。他说他得提前几天为新工作做准备。我一开始没答应她。风险太大了。可是她从头上拔了一朵花儿给我，哪个男人能忍心拒绝呢，对吧？

我们两点半的时候溜了出去。这趟小屋之行可真是他妈的惊险。我们先绕过马丁家，然后上了新开的那条路。以后巴尼就要开着挖掘机在这里干活了。海风呼呼地刮着。我只好把我的外套给她了。她接过去，抱着我亲了一下我的脸，说我真是个体贴的人。我说，是不是跟糖一样黏人，她笑了。我们弓着身子沿着铁丝网走。小屋的窗帘里透出了灯光。我们坐在山上的石楠花里。里面的保安可能正干着巴尼经常干的勾当呢。

她看着那地方，眼睛里冒出了眼泪。奥菲利亚。她说起了那些花圃，原先这里可没有这么些机器的，只有屋顶伸出的一台望远镜。有时她会跟她妈在小屋周围玩捉迷藏的游戏。不过后来就很奇怪了，她开始说些《圣经》里的话，而且乱七八糟的。我虽然行过死荫的幽谷，也不怕遭害。因为我有山谷里最大的挖掘机^①。就在这时，她的嘴角又抽搐起来。然后她说很抱歉，我只是太难过了，然后伸手摸了摸头上迅速抖动的花朵，又正常地说起话来。

我终于知道在宇宙里环游是怎么回事了。似乎是她老爸过去常和她坐在屋顶上，假装他们开车经过所有的行星。很怪吧。他们竟然假装开着火车在天上到处跑。

她真的是很厉害，记住了那么多星星的名字。我告诉她我只知道北斗星，可是她念出了一长串的星座名字，胳膊伸开来也没那么长。有一个叫猎户座，我在电影里听到过。可是其他的你连说都说不出来，除非你上过大学。而且，听起来她妈在她爸发脾气的时候也会难过。他们开着自家小屋在猎户座的胯间停过，还有双子座姐妹们的脚下。不过大部分时候，他们都只是在玩，她说，假装开着车，从火星边上经过的时候还会鸣笛。真是把我搞晕了，她的这些关于星星的胡言乱语。猎户是个拿着长剑的家伙。金星代表爱情，她说。那是最亮的星星。

我们坐在山上，本来打算也玩玩开车游戏的，可是我看了看

---

① 改编自《圣经·旧约·诗篇》23：4。原文是：我虽然行过死荫的幽谷，也不怕遭害。因为你与我同在；你的杖，你的竿，都安慰我。

表，都他妈快四点了，我们得像火箭一样飞回疯人院了。一路上跌跌撞撞，碰到了不少东西，可是没时间去管了。她回房间前撞掉了我一包烟，我也管不了那鬼东西了，等我把该干的擦地的活儿都干完的时候，已经累得像匹马儿一样气喘吁吁了。我很奇怪她为什么把这次行动称作试验。还要再来一遍那我就死定了。就这么回事。我也不会再给她买糖浆了，就算是她给我十块钱买四瓶也不干。看来她跟乔吉又好上了。因为她说乔吉也要来散步。我说绝对他妈的不可以，别指望我会掺和这事儿。我只会擦地板，没有什么"要是"和"然而"的。乔吉那娘儿们就是疯子里的疯子。

约翰尼·洛根又对矿工们讲话了。就在那儿，每张报纸上都有他的照片。他说这块土地在属于我们之前也是别人的，而我们现在又拱手把它让了出去。既然英国佬都在了，这样做有什么意义。反正他说得飞快，说些帝国、跨国公司什么的。约翰尼这家伙真该去好莱坞了。

我当时坐在镇上的广场上听他这番长篇大论，脑子里想的却是奥菲利亚和她宇宙飞行的玩意儿。那可真是壮观呢。然后我又想到，也许洛根说得对。那些矿工小子就该滚回孚莫小镇，把这座山好好留着。不过，要是他们把那份工作给我的话，我又会一脚踢开洛根，永远不会再投那混蛋的票。我跟奥菲利亚说，要是不带乔吉的话，我还可以再带她到外面走一趟。她让我接着说，我说不带乔

144

吉。她咬了一会儿嘴唇，然后轻轻吻了我一下说可以，不带乔吉。这次她响亮地亲在我的嘴唇上。怪不得男孩子们都喜欢说帝国的雄起。约翰尼·洛根要是看到我的裤子也会品头论足一番的。

一切都搞定了。奥菲利亚要我从储藏间里拿一把剪线钳、一把斧头和一把螺丝刀，说她想上去摸摸那房子，就只是想穿过围栏去亲手摸一摸那该死的房子。我也要去。我才不管呢。巴尼今天下午去了汉伯特酒吧，跟大家说我有一天也会他妈的成为那里的病人的。他还在那里大背什么生存还是死亡的①。这狡猾的混球真是找死。他高高在上，坐在推土机里不费吹灰之力地拿钱。今晚下起了令人丧气的小雨，我和奥菲利亚没有出去。不过我在洗手间的水池后面看到了一朵花。

又他妈耽误了一天。今晚还是毛毛雨。奥菲利亚吃糖又吃疯了。老天，这女孩绝对是昏头了。可是巴尼一走，我在疯人院的活儿就更重了。

老天，要是真能够在星星之间穿行的话，谁能说清楚到底是个

---

① 《哈姆雷特》中的著名台词，这里是巴尼的嘲笑。

什么景象？不过我敢肯定一定他妈的漂亮极了。

今天我跟往常一样五点钟到疯人院上班，打扫走廊。干着干着几乎都忘了今晚的小屋之行了。可她还是从餐厅里钻了出来，问我今晚能不能出去散步。没有护士看见，她又拽着我的手。真是谢谢你，她说，一点都不带拐弯的。简直能把人融化了。我花了一晚上把这里擦得亮堂堂的，像个疯子一样全身的劲儿都落在抹布上。擦掉了所有镜子上的水迹，倒空了所有的垃圾桶，摆好了所有的毛巾，洗干净了厕所，擦干净了地板，亮堂得都快赶上电视广告了。我发誓，都可以当镜子照着刮胡子了。而且我干得比平时快三倍。

多洛雷丝今晚又跟个烧红的锅子一样火爆。奥菲利亚来的时候，她正在护士站里打瞌睡。奥菲利亚真是盛装打扮。她的头发梳在脑后，上面插了六朵杜鹃花，还到处涂脂抹粉的。她穿了件红色的长外套，还有一双我见过的最大的登山靴。手里还拎着四个度纳斯便利店的塑料袋，沉甸甸的，连走路都有点歪着了。我低声问她袋子里装了什么玩意儿，奥菲利亚。她问我叫她什么。我说没什么，就是个外号。可是她不依不饶疯了似的要问出来。我只好跟她说了一下巴尼为什么这样叫她。她听完一把抓下花来扔在地板上踩碎了。我气得差点要揍她，这么不尊重我的劳动成果。可是看到她满眼的泪水，我只能默默地把那些花瓣扫到了储藏室里。

我说，完事了吗？走吧。又问了一次她袋子里装了什么。当我看到一个袋子里满是从小糖包里倒出来的糖时不由得后悔不已，整整一袋子。另一袋子里装满了他妈的糖浆罐子。我问她带这些东西干什么，她只是耸耸肩，我们好了，该上路了。我带了剪线钳、斧子和螺丝刀，用个红色的曼联袋子装着。袋子上还有保罗·麦克格拉斯[①]。不过现在他已经在阿斯顿维拉球队效力了。麦克格拉斯的脸有点变形了，因为我几年前不小心把他放在洗衣机里了。我们小心翼翼地出了医院，脱下鞋穿过碎石路，然后又穿上鞋朝树林走去。我们走到大门的时候，她嘴里还哼着什么调子。每次看到有车子来，我们就躲到林子里去。一次她还用手指插进了我的头发，我就是那时想起了克里斯·蒂伯[②]那首红衣女郎的歌。那首歌有点傻，可是女孩们听了却个个发骚。不过没时间想这些了。她亲了我一下，亲得那么用劲，舌头都要伸到我的喉咙里了。我还担心自己的牙齿不好看呢，可她啥也没说。亲完我差点连路都走不直了。

等我们走到通往小屋的路上时，已经能听到大海的声音了。奥菲利亚停住了脚步，伤感地盯着天空看了几分钟。这里到处是石墙和荒草，就像锯子医生乐队[③]的歌里唱的一样。今晚没有月亮，可我发誓她头上真的有一圈星光，听起来很傻吧。我真有为她唱上一

---

① 爱尔兰球员，曾在英国曼联和阿斯顿维拉球队效力，被认为是爱尔兰足球在国际上的象征。
② 爱尔兰国宝级歌神，世界著名歌手。
③ 爱尔兰著名的摇滚乐队。

两句的冲动。这时一只獾突然窜出林子，差点把我们俩吓晕过去。于是我们就拖着东西上了马路。我拎着糖袋子和那个红色的曼联袋子。真沉啊。小屋里照旧亮着灯。屋外停了四辆推土机，黄灿灿的。还有几个柏油桶、一台水泥搅拌机，就是那种带有巨大转轮的机器。还有一辆带着矿业公司标记的蓝色贝德福德面包车，轮子在夜光中贼亮贼亮的。一般的贝德福德面包车似乎都没有这么亮的。至少在这黑压压的林子边上不应该这么亮。

我们沿着铁丝网绕到屋子后面，在石楠花丛里站了一会儿。远处海面上有艘亮着灯的渔船。天还不算凉。相信我，她说。别干傻事，我照例劝了一句，其实我很清楚今天他妈的绝对不会是去摸摸那屋子那么简单。不过我也不管了。

我们快速爬到了山脚，就像史蒂夫·麦奎因逃离那个监狱[①]一样。老天，我还从来没这么爽过。那个装糖的度纳斯便利店袋子破了个该死的洞，我只得两头都捏着不让东西漏出来。在铁丝网边上，她拿着个剪线钳看着我，两只蓝色的大眼睛像小猫一样充满温情。然后我们蹑手蹑脚地钻过了围栏。接下来该做什么？我问她。她只是把手指放在那张大嘴巴上，然后手臂向那些破推土机挥了挥。我们一路匍匐前进，就像电影里那样，她身上红色的外套沾满

---

① 上世纪六七十年代著名的好莱坞硬汉影星。这里可能指他主演的《胜利大逃亡》中的情节。

了泥土。

突然小屋里一个保安的影子晃了一下，吓得我心都差点从喉咙里蹦出来。不过那个家伙没出来。我们钻到推土机下面。这时候奥菲利亚要是不去动那硕大的发动机、剪断里面的连线我才会觉得她有毛病呢。老天有眼，这女人就是几度癫狂，可现在绝对正常。说老实话，我估计自己也有点搭错线了，也开始帮她搞那些发动机。去他妈的巴尼，我看你还神气个什么劲儿，你的三件套哪去了啊。完事了一看，乖乖，车底下挂着起码上百条线，跟他妈节日彩带一样漂亮。

我想念这里，她跟我说。我们以前在这里的日子多快活啊。我点点头。我知道你的感受，我说。我从前有辆自行车，可是八岁的时候被人偷掉了。我哭得不行，为这个我妈还打了我一巴掌呢。她开始絮絮叨叨地说她老爸。说他怎么用爱尔兰故事串起那张天空的星图来的，像库丘林还有迪尔梅德和格兰妮①的故事都在里边了。那真的是很有趣的一幅地图，我说，你老爸真是才华如滔滔江水啊。我还指出了猎户座的星星，今晚比那天要低多了。她乐得不行，直到我叫她闭嘴，说否则我们都会被逮住。她就那么一直冲我乐，后来我说我们接着干活儿吧。

---

① 均为爱尔兰（凯尔特）传说人物。库丘林是爱尔兰版的阿喀琉斯，战无不胜的勇士。后面一对是传说中著名的情人，迪尔梅德是当时国王菲昂手下的著名武士，爱上了其漂亮的妃子格兰妮，两人私奔逃走。

奥菲利亚可能从没指望过我能帮她。不过现在，她拿着螺丝刀和斧子来到了挖掘机后面，小声叫我把油箱的盖子打开。我不明白为什么，只说她是疯到头了。我们最多也就偷点东西，否则保安就要以为自己是在热闹的奥康内尔大街①上了。我自打会走路起就开始干这个了。我从前总是随身带着把用得很顺手的指甲锉，不骗你。奥菲利亚高兴得跟个云雀似的。油箱上的锁还真是不好对付，我只好拿个铁片慢慢挫，挫了好久终于嘎嘣一声断了。这他妈可是辆崭新的挖掘机。

这时奥菲利亚拿出糖来往油箱里面倒，好像它就爱吃这个似的。我好像在哪儿听过这事儿，不过记不起来了。去他娘的发动机，吃点甜甜的糖吧。怪不得她那么贪糖。奥菲利亚的把戏可真多啊，先是药片，然后又是糖。有些糖掉地上了，但大部分都进了那机器的腮帮子。

她正得意地哼着小调，唱的是一勺子糖和机器的胃口的事儿。这时一个该死的保安突然晃着手电筒出来了。奥菲利亚站在那儿一动也不敢动，我赶紧趴到地上去了。保安四下照了照，抬起左腿放了个屁，转身又回小屋了。我差点笑死，奥菲利亚也笑得上气不接

---

① 奥康内尔是一个常见的爱尔兰姓氏。但历史上最著名的应该是丹尼尔·奥康内尔（1775—1847），爱尔兰民族主义运动领导者。在爱尔兰以他名字命名的大街大致相当于中国的中山路。

下气。然后她又拿出糖浆瓶，往里面扔了两个，这我可没见过。她告诉我说就算他们把线接好了，这也会把发动机给堵了，糖浆瓶和那些糖足够他们吃不了兜着走了。那些矿工小子几年也没法搬动这台推土机了，我跟她说。可是她已经爬到另一台机器下了。她把糖浆瓶子扔了一地。垃圾鬼，我说了她一句，可她还是笑。

她从糖浆瓶袋子里拿出一个衣架子，有一头磨得很尖，她用她的小手把它伸进了发动机里。看来这一晚上她都要在这里扎针了。她对这些发动机了如指掌。里面的汽油流了出来，在她红外套上沾了一片。该死，她现在已经湿透了。头发上、身上到处都是。我钻进去把她拽了出来，结果那玩意儿又弄我一身。空气中弥漫着汽油的味道，可她却干得兴致勃勃，不过也只有这样才能快速完成。我们又接着剪了第二辆挖掘机的线，我的手抖得不行了。天哪，这样活着才有意义，我心想。约翰尼·洛根还有那些环保主义者会爱死我的。我真该他妈的去竞选爱尔兰总理了。同样也灌了点糖。非常愉快，说完她又往里扔了两个瓶子。

等到了那辆贝德福德面包车面前，发现它没上锁，我就直接把盖子扯开了。奥菲利亚只是站在那儿，笑着看星星。正在这时，小屋里咔啦一响，那家伙又出来了，照例晃悠着他该死的手电筒，正好照到了她。这下他妈全完蛋了。他肯定是听到我动那辆贝德福德了。他一步步走了过来。我正想跑，却看到奥菲利亚朝他走了过去，两只手像个风车似的胡乱挥舞着。来人是约翰·奥鲁尔克。小学时还打过我耳光呢。她咚的一拳打在他下巴上，可他一把抓住了奥菲利亚，把她扔到了地上。他大叫，该死的臭婊子划伤了我的脸。他穿着背心和裤子，保安全是这副打扮。

我走上去拿斧子给了他一下。我没想要杀他，可是鲜血一下淌满了他的脸，老天。我赶紧跪下去看，结果他还好，只是眉毛那里拉了个口子。我正要说我不是故意的，老伙计。这时他却一抬腿用膝盖猛撞了一下我的鸡巴，然后趁我倒下，玩命地踢我的头。真是本性难移啊。奥菲利亚穿着红外套从后面抱住了他。我慢慢地不省人事了。等我醒过来，只知道他滚到了一边，到铁丝网那边去了。奥菲利亚在旁边又哭又笑的，她真是我见过的最疯狂的女人。他们抢走了我的小屋，她大叫，声音很低沉，他们抢走了我的小屋。她眼圈旁边的妆全花了，真的很可怕。我走过去抱住她，她开始亲我的眼睛，一句话都不说。我坐在地上看着四周，她爬过来接着亲。那件红外套已经脏得认不出来了。我看到约翰·奥鲁尔克的手电筒在山下某处亮着，照亮了马丁家边上的树林子。那家伙会报警的，我说，我们赶紧走吧。

小屋的门开着，奥菲利亚站在那儿，死死地盯着它，浑身上下都是汽油味儿。天哪，我想，她已经彻底疯掉了，盖里克医生真该把她关到隔离室里去。这样我们就全没事了，我也就可以平安无事地洗马桶、擦地板了。走啊！我大喊，看在老天的分上赶紧走啊！没事的！我要去了结了，她说。就那么说的，就我自己。她倒是若无其事，可我的手抖得不行了。我正想拽住她的衣服，可她敏捷地躲开了。求你了，她说，伤心欲绝的样子，脸上沾满了头发。天哪，她就那么看着我，让我觉得我们在那儿站了有好几个钟头了。那好吧，我说，别告诉警察是我带你来的。那个奥鲁尔克没看见我的脸。她点点头，走进了小屋，轻轻地关上门。我用尽力气想把手里的斧子扔到最远处，它却撞到了铁丝网，弹回了地上。我抬头望着天空，朝那些星星吐了一大口浓痰。

就这样了，我跟自己说，我得从围栏上的那个洞里钻出去。我的手哆嗦个不停。她肯定能逃出她自己找的这堆麻烦的。我爬出去，踩着那些石楠花拼命地上了山。我一直都不敢回头，憋着口气往山上跑，简直是埃蒙·科格兰①第二了。跑了一阵，我在山腰上一屁股坐了下来。我闻着两手的汽油味儿，看着山下小镇。那里红蓝色的警报器疯狂地闪烁着，朝我们冲来。我揉了揉眼睛，看到奥菲利亚出现在小屋窗户里。

她坐在那儿，没来由地笑着，披头散发，外套也从肩上耷拉下来。可她就那么坐着，不知道在看什么。我猜这疯婆娘一定是在开

---

① 爱尔兰著名中长跑运动员，五千米世界冠军。

着火车漫游太空了。我站起来，朝她竖起大拇指。加油，妹子，加油！来个急转弯飘移！她抬头望着繁星满天的无尽夜空。我也抬头看了一下，想象她跟她老爸一起的美好日子，像疯子一样漫游太空。猎户座还有其他的星星，他们一定笑得很开心。

　　我能听到海浪声，还有狂风刮过石楠花的声音。天上的星星多得数不清，我还真喜欢上了这景象，可是警笛越来越近了。还是他妈赶快离开这里的好，我想。回去像个圣人一样擦地板。那些红蓝色的灯一直在路上闪，照亮了路的两边。老天，她完蛋了。我朝下看去，奥菲利亚还坐在那儿。她的眼睛眯着，脸上还是笑盈盈的。不过他们除了把她扔回疯人院也不能怎么样了。我还想，要是事情顺利的话，我还是可以时不时找机会到花园去走走。我还会向她竖大拇指。要是给奥菲利亚加上两个轮子怎么样？我们继续遨游太空，到金星某个角落为你爸妈留下个记号，这不是很好嘛！很快就可以再见了，不过不要再问我要糖浆了！

　　我站在那儿，手足无措地看着她坐在床边，往嘴里插了支香烟，点着了。据说她在我爬山的时候一口吞下了所有的黄色药片，就像生怕它们会过期似的。所以她可能什么也感觉不到了，整个人僵在那儿。那是听验尸官说的。她肯定是把它们藏在口袋里了。不过当我看到她拿出火柴来时，我这辈子也没跑得那么快过。她伸手到口袋里，低头看了看，拿出了一根火柴，点着，然后就轰的一下子。保安说我在狂喊她的名字，钻过该死的铁丝网的时候身上拉开了很多口子。路上绊倒了一次，但最终冲到了门口。她还上了他妈的锁。等我终于把门拉开，她已经成了火球了，就坐在那儿，身上从挖掘机上沾来的汽油烧得红彤彤的。

那支烟还是她从我这儿要去的，这辈子我都忘不了。我曾经在照片上见到有个僧人也这么干过，可是从没想过自己会亲眼见到。那些火焰疯狂地舔食着她的红外套，已经把她整个包围了。她木桩一样地坐在中间。我想把她拽出来，可是大火很快也找上了我。我的手也烧起来了，保安只好把我的衣服给扒了。巴尼说他听到我在哭，可我才不在乎巴尼说了什么呢。这个混蛋又回疯人院干活了，再也没有挖掘机给他开了。这才叫活该。

我甚至也不在乎自己是不是哭了，谁管你啊。不过我知道我在喊什么，因为一个保安在我脸上扇了几下叫我住嘴。老天，她就那么在那里烧成了焦炭。而那些人，却只是拼命地想把小屋周围的火扑灭了。要我说，这破屋子没有被完全烧掉真是没天理。除了地板上有些烧焦的痕迹，还有她那双硕大的靴子，现在也成了焦炭了。可是我被抬上救护车的时候，这破屋子还是顽强地立在那儿。他们费尽力气终于把我摁倒了。我一直挣扎着从车后窗看着小屋。那里已经被警车和救火车给照得亮如白昼了。

在医院里，他们处理了我的烧伤，还填了无数的报告。约翰尼·洛根和环保主义者给我送来了一束鲜花，粉红色的，跟奥菲利亚的一样。多洛雷丝给我带来了几本杂志，跟她扯平了。警察说下星期要把我带上法庭，我可能要在号子里蹲上几个月了。我不在乎。我会像耗子一样安静。等我出来，我对天发誓一定要为那屋子做点什么，绝不让那些矿工小子再回来动它一根毫毛。他们滚得越远越好。好消息是我们终于把他们的计划推迟了好几个月，他们很快就要结束了，越快越好。滚远点，不许靠近我们的山，这就是我要说的。

警察和医生一直在盘问我，可我只记得当他们把冰凉的手铐戴在我手上时，我脑子里出现了奥菲利亚的形象。我觉得这个形象会一直留在我脑子里，而且永远那么靓丽。绝对不是地板上的那堆焦炭，也不是挖掘机边上变形的度纳斯便利袋图片，也没有在花圃边。她甚至都不是真实的，嘴里没叼烟卷，手里也没拿火柴。我觉得就像是电影里的样子，头上戴着花儿，好几十朵，散布在她的鬈发里。她坐在那儿，粉红的花瓣到处飞舞。她开着那破屋子最后一次漫游星空，笑声串串，闪电般散播在星星之间。最妙的是，我就坐在她旁边，一路留下了自己的记号。

沿着河堤走

　　弗格斯推动着轮椅上了河堤，傍晚的暴雨过后，利菲河[①]又涨了起来，水流滔滔，满载夜色和晚霞奔腾着流进了都柏林海湾。他记得父亲往河里扔过一台冰箱，不知道河底下到底还会有些什么。也许还有健力士啤酒、驳船上的金色颜料片子、英国炮舰上的黑色弹壳、避孕套和针头、口琴、指甲，还有一篮篮枯死的花。数百亿的烟头和瓶盖，还有铲子、烟囱、硬币和口哨、马蹄铁和足球。当然，也有无数破旧的自行车。就躺在那儿，钢圈一丝丝缓慢地沉到泥巴里，车把手被海藻吞噬了，变速线在盒子里生锈烂掉，无数的小鱼在脚踏板上啄食。

　　他整了整胡乱叠放在腿上的黑色加长外套，用弟弟的沙姆洛克的流浪者[②]围巾擦了擦额头的汗。估计有半英里，这是他从自由

---

① 爱尔兰的主要河流。流经首都，从都柏林湾入海，为都柏林的主要水源和休闲去处。
② 爱尔兰最成功的足球俱乐部，位于首都都柏林。沙姆洛克是三叶草的意思，是爱尔兰的国花。

区^①的家里到这里的距离。他绑在腿上的自行车轮子已经出了各式各样的麻烦了——不是在他想轻轻关门的时候掉到地上，就是在他吃力地爬上基督城山坡时抹了他牛仔裤一道油迹，还在他登上码头台阶时蹦了出去。

冬天的寒风被利菲河厚实的河堤阻挡着改变了方向。弗格斯放下了轮椅的刹车闸，朝河面吐了一口唾沫。唾沫掉到了水面上，盘旋着流走了。他在想，等下轮子入水之前会划过一个怎样的弧线。

很多年前，那台冰箱是从头顶翻滚着跌入河中的。他那个一脸沧桑、袋子里总装着酒瓶子的父亲独自把它背到了河边。那是借钱买的，他还不上债了，又不想让债主收了去。"那流氓想要他的富吉代尔^②的话就自己游过去啊。"他把几块木板钉在一起，下面装上滑轮，把冰箱绑在上面，朝码头咕噜噜地拖过去了。弗格斯和他的兄弟们都在后面跟着。酒吧里走出几个满嘴酒气的醉鬼要帮忙，弗格斯的父亲挥舞着手臂把他们赶开了。"你们个个都壮得跟牛似的，"他吼道，继续拖着冰箱往前走，"可你们连路都他妈走不直了，我还是自个儿来吧。"

一路上瓶子叮当响着，他一步步走到了河边。看着那个硕大的

---

① 爱尔兰都柏林圣帕特里克大教堂周围的贫民区。
② 国际知名的家用电器品牌，以生产电冰箱起家。

白色冰箱滑到水里、溅起巨大的浪花，他放声大笑。

弗格斯想，跟那台冰箱在一起的还有很多东西呢。有破马桶、无数的苹果酒酒瓶、衬衫纽扣、高跟鞋等等。还有那副旧拐杖。他在寒风中打了个冷战，用手挠了挠卷曲的短发。河里可能还有一张医院的翻身床，旁边堆着注射器、尿袋、橡胶手套、一桶桶的药丸、无数葡萄适饮料①瓶子，十几张理疗桌子，一支被护士咬断了的铅笔。弗格斯举起车轴，转动了车轮，然后透过转动的钢丝往外看，车轮发出有节奏的咔哒声，同时还有浪花被码头撞成碎片的声音。他又朝河面吐了口唾沫。

那天，他在兰斯道尼路上，在多德河②穿过一片低矮岩石的地方被一辆运面包的卡车撞扁了。当时，冬日的阳光暖暖地照着，他骑车走在送货回来的路上。上了足球馆前面的大桥，他脑海里盘旋着《莫莉·马隆》③的旋律，想象着罗尼·惠兰④在十八码外一脚远射入门的乱七八糟的事儿。可耳中突然传来汽车轮胎的尖叫声，那个可怜的卡车司机心脏病猝发，砰的一下倒在了方向盘上，压得卡

---

① 英国生产的一款运动型能量饮料。
② 利菲河的支流之一。
③ 爱尔兰传统民谣，讲述的是一个美丽的渔家姑娘因病夭折的悲伤故事。都柏林有其雕塑，每年6月13日为其纪念日。
④ 爱尔兰著名球员，曾为英国利物浦队效力。

车喇叭长鸣，听起来就像是麻鹬的叫声。只不过声音持续时间长多了。后来发现他白色衬衫前面沾满了饼干奶油，而挡风玻璃上则出现了一个鲜血印出的图案。

弗格斯像块面包一样被抛到了空中。等他醒过来，已经是在露德圣母堂①的康复中心了。四周围着一群医生。他锁骨断裂，额头缝了三十针，肋骨也断了，还有第三节腰椎粉碎性骨折。他住的是一个满是橄榄球运动员和摩托车车祸伤者的病房。病床升起来的时候可以看到窗外连绵的绿树。在医院里度日如年。他隔壁床的卡万②人两手臂上各有一道长长的手术疤痕，两臂并在一起的时候就是一条弯弯曲曲的铁轨。病房的那一头传来持续不断的号叫。斯莱戈③来的那个红头发男孩大腿上文了个三色的刺青，他打针的时候，针头噗的一下扎进肉里，眼睛都不带眨的。时光就这么一个月又一个月地过去了。

"感觉怎么样？棒极了，我他妈感觉棒极了。"那天下午弗格斯冲着护士嚷道。他刚得知自己的情况——再也不可能下雨天到皮尔斯大街拉着45路公车④滑水了，不可能沿着酿酒厂跑步了，也不可

---

① 1862年，法国露德地区的少女伯尔纳德声称见到了圣母显灵，后来教会以此名义建立了很多露德圣母堂。
② 北爱尔兰的一个县。
③ 爱尔兰西北的一个海滨小县。
④ 都柏林最长的街道之一，两边大学、图书馆较多。

能拿着气筒回击追咬自己的狗了，更不能跟出租车赛跑或是故意在单行线上逆行了，也不能对着不是坐在横梁上的姑娘们调笑说——亲爱的，那不是我的车梁，我只是见到你有点激动——更不能沿着码头一路跟卡车司机对骂了，甚至都不能随意走到托马斯大街① 买一品脱的牛奶了。

后来那辆自行车就一直扔在家里的棚子里，成了痛苦的象征。那天车祸后父亲还把它捡回了家。那是他五年前给弗格斯买的，说他儿子已经可以参加自行车大赛了。每到发薪水的那天，他就会拿回一张一镑的钞票塞到茴香酒瓶子里。一个星期六的晚上，他把车买回家了，他当个宝贝一样从乔治大街② 的商店把它推回来的。这是辆意大利款式的红色赛车，全部是堪帕杰罗③ 原装配件。邻居孩子们见了都是要吹口哨的。有一次在奥康内尔桥上，四个穿束腰短夹克的小子试图把他打晕抢走他的车，不过他用可利泰钢锁④ 砸碎了其中一个家伙的下巴。在快递公司，他是出了名的机灵鬼，可以在车流里逆向穿梭。车祸前两个月，在他参加的第一次大赛——威克洛山地自行车大赛上他已经拿了亚军了。他跟车座上的皮带已经

---

① 位于自由区的大街。

② 乔治大街是都柏林的一个旅游购物点。

③ 意大利高端自行车品牌，创立于 1933 年。

④ 可利泰原是科幻故事《超人》中虚构的一种外星球元素，后来成为一个著名的车锁品牌。

融合在一起了。他已经在基督城附近的交通堵塞里游刃有余了。

车祸后，这辆自行车就是一堆废铁了。可是他父亲每次到医院来的时候总是说："弗格斯，要不了多久，你又可以骑上它了，让那些红眼病见鬼去吧。"弗格斯躺在病床上也只能点头。

他母亲就一直待在楼上自己的卧室里，在朦胧的灯光中跪倒在圣像面前祈祷。她还写信向诺克和鲁尔德①求援。他弟弟给他画了几幅自己心爱地方的画：伯多克快餐店、库姆比大街的那条走廊、雄鹿酒吧②、校园墙上的新涂鸦。快递公司的同事也来到了医院床边，说以后还可以一起赛车。步话机里传来噼里啪啦的嘲笑声，快点，你这个废物，你就不能跟上吗？前女友们为他从杂志上抄下了短诗。护士们偶尔会带他到贝克斯角吃个冰淇淋，偷偷地喝一杯啤酒。可是只要躺在床上，眼前就只有路边那千年不变的一排树。三色刺青的男孩疯了，拿一块蓝点的花布蒙住头，用大头针扎自己的眼睛。那个卡万人拼命地蒇自己的手腕。一个从沃特福德县来的自行车手大叫，有人在大家传看的法国杂志里夹了根屌毛。弗格斯床头柜上的橘子都发霉了。理疗室里的颜色很是鲜明，护士们也都满脸笑容，可是到了晚上，回到病房里，就只有远处传来的

---

① 两者均为天主教圣地，前者位于爱尔兰西部梅奥县，后者在法国西南部的比利牛斯山下。

② 都柏林一处著名酒吧，位于三一学院旁边。

低声呻吟——这已经是不可或缺的了，那种忍气吞声、含混不清的哼哼声，已经如此熟悉，没有它都睡不着了。岁月就是这样流逝的。

从医院回到家后，父亲把他推到棚子里去。那是个星期五，家里正在做鱼。满屋飘香。当时下着毛毛雨，鸽子们在邻居屋顶上打架抢食。父亲慢慢打开棚子的门，摔坏的自行车旁边有好几个褐色的箱子是给弗格斯的。它们都盖着英国的邮戳，全是邮购的。弗格斯一个一个地打开。"医生屁都不懂，儿子，加油，重新开始吧。"弗格斯盯着箱子看了半天。"这些玩意儿可花了我不少钱呢。"父亲欢快地说着，出门往酒吧去了。他厚实的肩膀把外套都要撑破了。弗格斯坐在那儿，闻着鱼香，摸着自行车的变速器。

弗格斯把围巾搭上脖子，看了看表——已经凌晨三点了——他把头靠在轮椅上看了一会儿天空。虽然有云有雾，但还是可以辨认出几颗星星来。十年前，他七岁的时候，他在圣帕德里克大街想偷一辆迷你花花公子车 ① 被人逮住了。父亲在痛打他一顿之后带他到这条河边来散步。他指着天空。"看那些星星，"他说，"听我说点事。"他说那些星星每个都是地狱。所有的杀人犯一人一颗星，因

---

① 英国汽车公司 20 世纪 60 年代出产的最成功的车型，一度被视为英国的标志。现被宝马公司收购，继续生产。

为那里除了自己没人可杀，所有腐败的政客也一人一颗星，因为那里没有政府让他们腐败，恋童者也一人一颗，因为那里没有孩子给他们欺负，偷车贼也一人一颗，因为那里没车可偷。要是这还不够惩罚他们的话，他就得再挨一顿死揍。弗格斯用手摸摸胸口，心想有没有一颗星是满地高级自行车的啊。

那些自行车的新配件掏空了他父亲两个月的薪水袋。为此他在托拉特的一家保安公司找了一个守夜的兼职。这样就没那么经常叮叮当当地回家了——这一切只不过是因为一份虚无缥缈的执著，一种夸张的祈望，一种令人厌倦的坚持：某一天弗格斯能够重新骑上自行车。

有两个月，弗格斯都在棚子外面，坐在轮椅上挥汗如雨。他把自行车辐条接头固定在轮子的右侧，然后把它翻到左侧，拔掉开口销，敲打着让里面的油脂从踏板里流出来。他用叉手架把刹车固定住，卸下新的前叉，用十字螺丝刀调节变速器。他在车把上又缠了好多胶带，把散开的线缆都绑了起来，还买了新的贴纸。弟弟在旁边看着，有时也帮一手。每天晚上父亲都会到棚子里来看一眼，拍着车座儿说："再有两个礼拜就好了，儿子。"

他想把这车送给弟弟们，可他们都清楚得很，这玩意儿彻底废了。弗格斯也知道，它只有在梦里才能被骑着追寻完美节奏了。

*

　　第一回扔掉的是车把手，它们只激起了一小朵浪花。第二天晚上是脚踏板、曲轴、前链轮和轴承。扔刹车、线缆、车座、坐杆和变速杆那天是礼拜六。当时有一群醉鬼正坐在码头吐得乱七八糟的。他只好在公司大楼的门口等着，直到他们走掉。

　　礼拜天那天最麻烦——他费了三个小时才弄好车架子。当他行进到教堂门口时，来了辆出租车。司机在他旁边停车，叼着支烟问他在干什么勾当。"让自行车洗个澡。"弗格斯说。司机点点头，问他要不要放到他后备箱里坐车到河边去。他把车架在河堤上靠了靠。"还好这不是什么打打杀杀的。"司机说着开走了。弗格斯搞不清楚司机是什么意思，把车从河堤上扔出去扭头就回家了。都没看一眼砸出的水波扩散开来。

　　昨晚，他要处理前轮，关棚子门时太用劲了，惊醒了弟弟帕德里克。他穿着阿森纳的运动衫下楼来看。"你干吗呢，弗格斯？""少管闲事。""车子其他部分呢？"弗格斯没说话。"爸会揍你的。"弟弟说。后来，弗格斯移动到街上时还看到帕德里克拉开窗帘盯着他看。等他回家，帕德里克在房子前面的台阶上等着他。"你没权力这么干，"帕德里克说，"爸可是把钱都花在那上面了。"

弗格斯把弟弟逼进了屋子。"他很快也会知道的。"

河堤这边还是很宁静。偶尔几辆卡车排出的废气在空中飘出了奇怪的形状。有时半路上还能看见某个商店的霓虹灯还亮着。几个行人在河对岸，都穿着大皮袄挤在一起。

他在轮椅上稍稍欠身，抓住后轮的辐条接头把轮子举到自己胸口。飞轮的第三个齿上面还有一点油泥，都沾到他手指上了。他在牛仔裤上擦干净，然后又盯着蓝色裤子上面的那块污迹看了半天。

河水现在平静些了，河面上漂浮着一些垃圾。他不知道自己前几天抛掉的东西是不是已经在这片河底扎下了根。

可能有一天，一场大风暴把那辆自行车又冲回河岸。疯狂的大自然，把脚踏板跟曲轴搅在一起了，而轮轴则插进了车架里，车把手卡在了链条盒里，整个破玩意儿又整合在一起了。也许那时候他可以一个猛子扎进河里，重新骑上它。就在黏黏的河底，把脚插进踏脚套里，握住车把手，弓起身子踩着变速器往前走，在河底，在一大堆废墟上穿行。

他终于把轮子投进了利菲河。

它在河面弧光一闪，一瞬间似乎凝住不动了。那个车轮似乎悬在空中，被一种难以置信的轻盈给顶住了。码头上所有的颜色都旋转起来，聚集起一股向上推举的力量向外盘旋扩展，既温柔又安详，像只要展翅腾飞的小鸟。有一会儿，他想起了马拉松和运动套衫、短跑和束发带、跑道和发令枪。自己坐着轮椅穿行在都柏林车流中，在跟别人比赛，也许是在送包裹或者信呢。只要能放在腿上就行了。收入可能不多，父亲俯下身来看看那点钱，身上还是酒瓶，叮叮当当的。他的弟弟们穿着鲜艳的衬衫在终点等着，母亲手里捻着一串红色念珠。

一瞬间，那轮子翻了个身掉下去了。利菲河蜷起身子，大度地接纳了它。它划破了夜空像块石头一样直直地栽了进去。弗格斯上身伸出去趴在河堤上张望。可是视野在距河面五英尺的上空被挡住了。他竖起耳朵想听到一声哗啦响，可是被一辆从詹姆斯盖特酿酒厂①开出来的卡车的轰隆声给盖住了。下面的河面上，一层层的同心圆在扩散开来，最后猛烈地撞击到河堤上，似乎在追寻着什么。河水向外奔驰着，把圆圈变成了另一种运动，驱动那些水花簇拥着轮子向河底沉下去。慢慢地，有条不紊地，沉到它该到的地方。弗格斯极力回忆当年扔冰箱的时候，冰箱在翻身掉下去时门是不是甩开了。

他把手放在轮椅的轮子上，咬紧牙关，沿着河堤往前走，颠簸着下了码头，外套在微风中飞舞。

------

① 出产健力士黑啤的酒厂，始建于 1759 年。

打岔儿

瞧你，瞧你这副笑容，就像妈妈藏在橱柜里的那只碎花瓶。上面画满花朵，布满了向下的裂纹，很像一张倒着的笑脸。我记得上面的花儿是雏菊，还有好些黄色花瓣雕得栩栩如生，摸都摸得着。有个诗人曾经写过一个花瓶还是陶罐什么的，反正是真善美的一大堆。可那时候我们离真实远着呢，嗯？你在舞厅里蹦来跳去，披头散发，跟空袭时的祈祷者一样。我们也算一景，对吧？你跟弗朗西斯·霍根溜到了小镇广场。他可是当时唯一一个有汽车的小伙子。你是全副武装，连睫毛膏都涂上了，淡黄的头发一路随风飘扬；他则胳膊肘架在窗子外面，手里夹着支烟，一头鬈发梳在脑后，油光油光的。真够拉风的！我只能坐在汤米·科因的红色拖拉机上，突突地开往接骨木林子后面的地里去滚草垛。那时候可不就这样吗？一管口红都稀罕得不得了。

现在的年轻人啊，根本想象不出我们那时候的苦。你看，这些是我孙子们从世界各地来的信。要是我们年少时的张狂事儿被他们知道了，我一定会羞得找个地缝钻进去的。我跟你说过小菲亚卡拉前几天从阿姆斯特丹寄过来的信了吧？他说那里春天的郁金香漂亮极了。我问你——这个十八岁的家伙以为我会相信他看的是郁金香吗？恐怕不仅仅是滚草垛了，可能都已经丰收结果了。在阿姆斯特丹他们就喜欢干那事儿。蒂珀雷里还远着呢，可他们非唱成：剃光她那里还远着呢。汤米·科因有一次在舞厅外面坐在拖拉机车斗里就这么唱的。上帝啊！不是我粗口，莫伊拉，真的就这么唱的。他坐在拖拉机车斗里，满嘴的黑莓汁，头发跟狗舔过似的，大声唱着：要想给她剃光还远着呢，还远着呢，要给我喜欢的姑娘剃光还远着呢。上帝保佑她。上帝保佑我们，拯救我们！这些年头啊。莫伊拉，我可不是瞎扯，你很清楚。

口红、亮化粉、睫毛膏，再来点胭脂，画点眼线。齐了。我们会让你笑起来的。虽然现在没有，可我们能做到的。还记得吗？那天晚上从舞会回来，我把厨房的茶壶打碎了。爸爸气坏了。就摔在厨房的地砖上，哗啦一声响。整个屋子都惊动了。当时我们俩身上穿的是奥尔拉婶婶从巴黎寄来的蓝色连衣裙，满嘴的酒气。这一下吓傻了，站在那儿动都不敢动。爸爸暴怒得像头拉斯卡农①的麋鹿，冲我们嚷嚷道："不是告诉你们十点回家的吗？"后来我们还是溜

---

① 蒂珀雷里附近的乡野。

了出来，一起坐在谷仓边上的菜园子里，嘻嘻哈哈地直到天都快亮了。我们俩互相把化妆粉蹭得对方一脸。想想都好笑——两个姑娘穿着花哨的蓝裙子坐在一堆萝卜里面。

好笑的是现在我们都是十点就睡觉了，更别说几点回家了。时间真是个奇怪的东西。可日子就是这么过的，对吧？爸爸已经不在了，愿他安息吧。妈妈也是。还有奥尔拉婶婶也走了。可是，天知道汤米·科因现在在哪儿呢？他在澳洲还没成为热门之前就去了。还记得汤米·科因和绵羊的笑话吧？噢，天，等一下。莫伊拉，我先得给你扑上一点亮化粉。这可是我从马克斯·法克特那里弄来的最新产品。很好闻，对吧？

我的老天！我们有多久没干过这活儿了？天知道。还记得我们刚学会走路，妈妈陪着爸爸到酒吧去的时候吧？爸总是横着个大块头堵在楼梯口，一身蓝套装，冲她嚷嚷着快点。可妈妈就是跟自己的口红过不去，对吧？总是拿舌头舔牙齿，然后歪过头来盯着镜子里的自己。估计我们俩都是学她的。我们俩都睁着个大眼睛，一边一个瞅着她。等他们走了，我们就溜下床，坐在那个橡木大镜框前面往嘴上抹口红，还戴着她的帽子，在房间中央像大人一样行礼。真该死，我们是不是两个讨厌鬼啊！有天晚上，我们逮着的那只猫，你记得吗？叫什么名字来着，露娜！对的。露娜。记得我们逮着它，给它涂满了胭脂，连胡须上也涂了睫毛膏，耳朵里给点上了香水，还给它穿了件旧绸缎衣服，记得吗？后来一条小狗不知从哪儿钻了出来。可怜的小猫喵喵叫着满屋子乱跑，跟鬼附了体似的，最后躲在床底下不肯出来了。你还用爸爸的香烟盒子给它做了顶帽子。说起来就跟昨天一样啊。

不过，说到茶壶，现在这世界真是变得古里古怪了，你说呢？以前茶壶就是茶壶。不多不少，就是把茶壶。可上个礼拜我去了趟都柏林，去照看一下小基兰。他爸妈去伦敦开什么广告会议去了。后来，我带着他到运河边上走走——现在的运河水可真脏，漂满了塑料杯子。河两边满是雾气和霓虹。水面上还常常看到避孕套。真的不骗你！谁喜欢用那玩意儿啊，莫伊拉？照你们家肖恩的说法，那简直就是穿着袜子洗脚！不过，我接着说吧，正当我们在那儿拿面包喂鸭子的时候，基兰突然说："奶奶，看那边的茶壶子 ①。"他指着利森大街桥酒吧里几个跟面包片一样挤在一起的男孩子。光天化日的就在那儿亲嘴。这也叫茶壶，我问你，莫伊拉，你说这是怎么回事呢。也许就因为他们摸着屁股勾手的造型像吧。

现在我们等一下，等亮化粉晾干一点，莫伊拉。然后我们就开始打底粉。说起来真难过。拉里和葆拉也要移民了。葆拉在那个挤

---

① 俚语中对男同性恋的称呼。

满人精的萨奇广告公司①得到了一份工作。他们准备把基兰送到伦敦郊区的私立学校去。又一个家伙要带着英国腔长大了。他们的 h 都不发音的。真丢脸。我跟你说，他在那儿一定会看到更多那样的茶壶，我保证。那种玩意儿在伦敦到处都是。真跟阿姆斯特丹一样败坏。要不了多久，我们麦克奥利斯特斯家在爱尔兰就一个也不剩了。你肯定还记得当年我们自己也差点就走掉了吧？一九四七年，是吧？没记错的话，那还是个登陆日②的周年纪念。

　　还记得那次我们走在大街上，碰到在奥康纳肉食店门口大红雨棚下闲逛的两个美国大兵，胸前花花绿绿的佩章一大堆，隆重得跟上教堂礼拜似的。他们都还没完全从战火纷飞里醒过来呢。镇上的小伙子们可不怎么喜欢他们。叫他们冤大头，风流鬼，癞皮狗。照我说就是妒忌，因为那些美国鬼子个个都帅得出奇，不是吗？牙齿都挺好看的。不过，你还记得吗？你当时穿着赭色的外套，亚麻裙子，我自己是心爱的绿色羊毛衫，就那件旁边钩了几朵花的。我们俩都把脸弄得齐齐整整的。然后那两个美国小伙子就上来搭讪，问我们这个小镇晚上有什么节目？接下来很快我们就坐在他们敞着窗

---

① 萨奇广告公司，始建于伦敦、现总部位于纽约的跨国广告公司，在全世界八十多个国家都有分公司。在中国与中国长城工业总公司合资，设立盛世长城国际广告公司。

② D-day，指 1944 年 6 月 6 日。这是二战中盟军发起反攻、登陆欧洲大陆的日子。此后每年都会有纪念活动。

户的吉普车上，沿着科克路一路兜风，还唱着各式各样奇怪的歌。神魔鬼狐，伟大的基督，我们到底是谁？哐当哐当，谢谢夫人，我们都是步卒！我们捂着耳朵，装作听不下去。在野外，星星格外明亮。然后他们突然说车坏了，天又这么黑，要步行送我们回镇上。我们明知他们的把戏，可还装作很害怕的样子，靠在他们怀里。多美的夏夜啊，是吧？

可是我们当时是被诱惑了。此时此刻说老实话，就是被诱惑了。当然，我家的约恩和你家的肖恩不可能听到这些。可我们当时确实动心了。好啦。我们接着下一步了，打点底粉。这里来一点。我拿的是最好的粉底。我们再给你下巴上来一点点。用驼毛刷子抹掉这点多余的。现在你看起来棒极了。啊，这个世界是有点伤感，可也还是有很多有意思的故事的。

谁说得准啊，我们本来也是可以嫁个美国佬的！想想吧，是不是很有意思？至少，你对肖恩是一见钟情的，这日子可不就是这么过的吗？爱情和婚姻，爱情和婚姻，就像马儿和马车，嘀啦嘀啦嘀嘀啦，嘀啦嘀啦嘀嘀啦，少了哪个都不行。哎呀，词儿都记不起来啦。天知地知你知我知，有时我真后悔把马车放在马儿前面了。说起来跟约恩结婚就是这样。他从来都不——嗯，他是个老实人，可是，嗯，老实得要死。不过这世上就算没有我这张大嘴也还是有人要说坏话的，对吧？到处都是碎嘴和嫉

173

炉。我家约恩给了我一个安稳的家，愿他安息吧。他对我也挺好的，虽然我时不时对他有点不满，可是该说的都已经说了。他一直也很喜欢你，莫伊拉。总说你的好话。他真的很喜欢你的炖牛肉。这可不是我随口说的。不止一次有人听他说要是知道你的炖牛肉在等他的话，哪怕是在都柏林他也一定会特意跑去一饱口福的。

说说那些腿脚勤快的男人吧，莫伊拉！你遇见肖恩的那次可真是有趣，是吧？那次到格里诺尔去跳舞，你穿着那件红色天鹅绒裙子，肩头有点散开的那件。要是没记错的话，那是一九五一年的十月，或者是十一月？反正当时已经有点凉了，可我记得你却死都不肯加件羊毛衫在外面。你就是要显摆，干吗不呢？你的身材可一直让我们妒忌，这没错。后来，那天晚上记得吧？在那个到处漏风的古旧大厅里，我们坐在一起。我跟约恩一起，刚刚结婚，如胶似漆的。你在我们旁边等着男人出现。承认了吧，你！别蒙我了。你就是在那里钓男人。不过那天晚上你真的很漂亮。真的。穿着那条红裙子，脸上收拾得很好，还穿了双时髦的新袜子。然后你的肖恩就过来了。旁若无人地从大厅那头径直朝你走来。他歪戴着帽子，身上一股百利①的味道，张嘴露出一口整齐的牙齿问你说："对不起，

---

① 1928 年创立于英国的男士护发用品品牌。

174

能请你跳个舞吗？不然我舌头就要烧起来了。"我听了差点笑出眼泪来。舌头都要烧起来了！然后你们俩就黏上了，又唱又跳的。你一直说这是一见钟情，为什么不呢？他一表人才，而且经常能把你逗得前仰后合的。嗯，瞧我又跑题了。今天是他把你的纸条给我的，你的肖恩给我的，跟我说："艾琳，好好打扮一下她吧。这一去可是长路漫漫。"

的确是长路漫漫啊。该打粉底了。莫伊拉，真像一场梦啊。相信我。就像你说的，你要像个公主一样上路。那就是公主了。我们会把脸上的活儿弄好的，对吧？哪怕是生孩子的时候，哪怕是美容店关门的时候，我们也费尽心思弄这个。用柠檬来去除雀斑。拿燕麦片敷脸，老天，那些东西好用极了。

可是，今时今日，我还是忍不住要说，我永远不会忘记你把我的头发搞得一团糟的那次。我这人是有点钻牛角尖的，有时几个月钻不出来。这是我的不好。可是你得拿当时的情景为我想想。生了马修不到两个月的时候，你说我要是把头发里那点灰白色弄掉的话一定会好看多了。然后就拼命地怂恿我去弄个赤褐色的头发。赤褐色这样好，赤褐色那样好，赤褐色怎么怎么好。结果我的头就被塞到你家的水池子里去了，我还问呢——"莫伊拉，你真的觉得好吗？""当然，真的好。"你回答说，一点都不带犹豫的。结果后来足足有五个礼拜，我脖子上就跟顶了个荧光橘子似的。我整个就是一个原子能胡萝卜！还带夜光的！真是一大景观啊！所有的人都笑死了，直到七月十二号。大家都说："啊，我们可以直接把艾琳送到贝尔法斯特去参加奥兰治人日① 大游行了。"

我气得七窍生烟，所以对不起，你的向日葵就遭殃了。我是没告诉过你。那是我干的。真对不起。我气疯了，拿了把剪刀把它们的头全给剪了。可那头发真是太难看了，你也得承认吧。都过去了！没事了！你也不用蒙我了。约恩好几个星期都没碰我。虽然他也不是个热情如火的人，可那阵子他一直叫我左拐子② 。孩子们也觉得我疯了。我自己，也只能成天戴着头巾，就跟一镑钞票上的那个女人一样。就这个样子在镇上走来走去也不知道过了多久。那时候我每天都漂头发，试图把那颜色洗掉。不过，毕竟是过去的事了，现在大家都一笑了之了。

那时候我们挺能玩花样的，对吧？就算是定量配给的时期我们也总能想法儿弄到东西打扮自己。嗯，还记得我们搞了些红色的石头吗？你舔一舔，就会留下些颜色。那时我们还小，到河里捞的。我们还用糖水来固定发型。实在不行了，还把果浆抹到脸上过。反正怎么都能开心。说到现在，莫伊拉，我们该来点胭脂了。雅德利

牌①的。这是你一直喜欢的玫瑰珍珠粉。

说来奇怪，我都还没注意到。我们找到那些石头的河边，就刚好是你家肖恩和小利亚姆想为你建平房的地儿。莫伊拉，这就说到莴苣和西红柿三明治啦！还有茶瓶子！那时候可不都是那个样子的？你家利亚姆就在那里忙活着。我们带着午餐过去，他就会从橡条里伸出头来问："妈，艾琳姨妈，今天你们沙拉上放的奶油够多吧？"他一直都那么喜欢莴苣和西红柿。然后我们就会带着另一个茶瓶和几只褐色的口袋到镇上去找男人们。我们在公园里碰了面，铺开那张巨大的白桌布。你们家肖恩总把脏手印留在桌布上。太糟糕了。你肯定记得我参加驾驶考试的那天吧！肖恩不知怎么把脏兮兮的扳手落在副驾驶座上了。我也太紧张了，完全没注意到。结果主考官进来，一屁股坐在那该死的东西上了。莫伊拉，你还别说，就那么倒霉，碰上了个娘娘腔，穿着一条奶白色的裤子，不是吗？这个贱人心高气傲地忍住没有当场发作。可是后来就是不让我过。我他妈连三点掉头的时候都没蹭到人行道却还是没过。我可气坏了。不过那也就是多费了点报名费而已。那一大坨油污可是结结实实地沾在他屁股上了。他气呼呼地扭着屁股走掉了。照基兰的话说，这就一个茶壶。

---

① 创立于 1770 年的伦敦化妆品品牌，主要生产香皂和香料。

这胭脂太棒了。非常自然。现在的技术真是了不起。我这么絮絮叨叨，还在你脸上乱抹。老天！你的向日葵。我还惦记着你的向日葵呢。你本来想拿着它们参加花卉大赛的呢。对不起了，真的。我就那么暴躁地一剪，就全泡汤了。

嗯，再过几天又是团聚的日子了。所有的人都得回来。孩子们从来都不明白这日子的重要性。可是他们照样还是很高兴。等小奥尔拉和菲奥娜还有米歇尔来了，我们就教她们怎么化妆。甚至可以带这些小女孩子到美容店去，让她们见识一下这个行业的诀窍。噢，我的天，不会太疯了吧！我们可以把男孩子带到桥边去，一起挥挥鱼竿，甚至一头扎进水里。这些天可热了。这也让我们有了点时间，我们大人才能聚在一起。我知道我刚才对我们家约恩说了几句不好听的话，可我真希望他也能来。不过，算了！我已经很高兴了。真的。孩子们经常来信，每天在屋子里忙活，烤点奇奇怪怪的面包。偶尔还到都柏林去照顾照顾孙子。平时就在镇上走走。不过那条河可真是糟透了，你知道的。那座化工厂倒是派人来过了，还拿着叫什么盖革计数仪 ① 之类的机器来了。很快，我们就可以浑身发光地到处游走了。估计就是我当初橘色头发的重现了。这里再来一点胭脂。不用担心，莫伊拉，你的颧骨最漂亮了！我一直都嫉妒

---

① 又名盖革-米勒计数器（Geiger-Müller counter），是一种用于探测电离辐射的粒子探测器。

你的颧骨长得那么好。

现在我们歇会儿，等下再接着修饰眼睛。我觉得先得用铅笔描一下。就用这个青苔绿的吧。就在睫毛上面一点。啊哈。好了。嗯，就这么一点吧。不过是不是很可怕？他们就在那儿，无数的好工作都在等着你。我们看到的却只是一条再也不能游泳的河。可是，我的天，那天我去了一趟。你可是没见着那些穿游泳衣的小姑娘！内衣细得跟绳子似的，就那么小块布还薄得跟纱似的。一个个都在发骚。莫伊拉！我问你，这么一点想象的余地都没有有什么意思？可又有什么不可以的呢？自己的东西干吗不能秀啊。让上帝和国家见鬼去吧。不，我不是说真的。莫伊拉，你明白我的意思的。我是说，我们也不是什么贞洁烈女，我们也曾经有那么婀娜的线条，那时候，是吧？只不过那时候还没这样的泳衣。现在让我往后一步，打量一下。

眼睛好像有点发青的样子。你觉得呢？再来一点？那就再来一点吧。这就行了。非常棒。有点像杰明尼蟋蟀[1]，可是漂亮多了。现在我们来看看眼影盒，想想睫毛怎么弄。给你来点绿的吧，眉毛下的颜色要淡一点。你的眼睛一直那么蓝。啊，莫伊拉，你知道吗，你的信让我非常高兴。虽然有点出乎意料。你家肖恩今天早上第一

---

① 意大利童话作家卡洛·科洛迪的《木偶奇遇记》中为主人公匹诺曹设置的良心守护使。

件事就是打电话给我说这事儿，他说这个信封在梳妆台抽屉底下藏了好些年了。然后他直接开车过来交给了我。我们俩都哭了。不是因为你。从来都不是因为你。我自己本来就想做这事。一点都不奇怪，也不麻烦。

无论如何，这封信都很可爱。这个想法也很可爱。你究竟什么时候写的？肖恩说他拿到已经很多年了，好几次他都忍不住要打开来看的。后来我们就冒雨到麦卡坦家去安排这事儿。老麦卡坦说："这个要求很不寻常。我不确定能不能这么干。"你们家肖恩——他真的那么爱你，真的——把他拽到一边说只要让我来打理你，他会多给麦卡坦几个子儿的。麦卡坦家有时就是贪点钱。他哼哼唧唧地不吭声。肖恩又给他塞了五镑他才答应，然后就给我做好了准备——把你弄得平和一点。不过他还是提醒我我可能会控制不住的。控制不住！我跟你！我们相互之间都做过无数遍了。一边去吧，麦卡坦先生，我对他说。谁也没有我做得好。我一定会把她弄得漂漂亮亮的。当然，我们还会好好聊一下，聊聊过去的美好时光。

我们可以聊聊利亚姆那辆硕大的自行车，挡泥板还是紫色的！奥尔拉在县里的博览会上得了赛跑冠军！豪伊辞职那天你炖了一锅牛肉！还有我们到布雷度假时，约恩走在人行道上被海鸥拉了泡屎在头上！啊呀呀。那真是快乐的日子啊！那情形还历历在目呢！他又叫又骂，喋喋不休地捧着一手帕的海鸥屎到处诉苦！莫伊拉，这些陈芝麻烂谷子的事儿我们一晚上也说不完。可是你看我们现在才到哪儿，连个眼睛都没弄完，更别提口红了。大家马上就要来看你了，我可得加把劲儿了。

镇上一半的人都到机场接人了，去香农或者都柏林了。等下他们就会过来打招呼了。连小菲亚卡拉都来了。从阿姆斯特丹带着他的郁金香回来了。嗯，真是个小恶棍。现在颜色整好了。墨绿色显得很低调。非常好。不骗你。让你看上去有点百万美元的尊贵。你记得菲亚卡拉吧，这孩子直到三岁脑袋上还没几根毛，就是不长头发，记得吧？有一次西娅拉感冒了，你带小家伙到大街上的超市去，那个老家伙，罗切太太跑过来问你为什么要把孙子的头发剃光。然后她又低声跟你说："是你妹妹艾琳给他剃的这个难看的头吗？"你当场就拿花椰菜砸到她下巴上去了！老天，我真希望自己能亲眼目睹那一幕。真是活该。不过，虽然背后说人不好，可是你知道他们家最小的孩子被人搞大了肚子，他们说的。这可是真的，莫伊拉，都六个月了。你说这是怎么回事？

现在我们得给你把睫毛上的痕迹擦掉。我们马上就好了。口红一定要涂好。我一直说这是最要紧的。口红涂好了这场仗就赢了一半。抵得上半支舰队了。就这样，好的，当然还是得先用铅笔画一下。你和肖恩结婚的那张照片可有意思了。他站在教堂外面，肩膀上满是彩纸屑，胸前口袋里还插了一支百合，大家都在围观——盯着的是他的颧骨———一个巨大的口红印。我花了半个小时给你弄好的口红结果全给抹到他脸上去了。唉，女人啊！那美好的日子啊！我还在这里絮絮叨叨，外面可有上百号人等着见你了。伯登太太做了三明治，汤米·法雷尔为今晚准备了好几桶威士忌。科利根神父主持弥撒，学校的本尼特小姐在安放鲜花。这口红可真是与众不同，我看，它让你的嘴唇非常饱满，真是锦上添花了。别不乐意啊，这可是雅诗兰黛！淡红的。

　　我这人说起话来满嘴跑火车。啊，你从来都没打过岔，是不是，莫伊拉？总是我一个人喋喋不休，没完没了。从第一天开始就这样。嗯，当然，我每星期都来看你。肖恩有一个可爱而幽静的小地方，离你们家利亚姆不远。唯一讨厌的就是那家老工厂不断地冒浓烟，挡住了你家的视线，否则你们就能往都柏林方向看得很清楚了。你就喜欢坐在那棵巨大的栗子树下。一点也不寂寞，总有些来采栗子打仗①的男孩。当然还有我，我自己。我还是多年如一日地来侃大山。嗯，真的，我得忍住，因为我跟自己说过不能哭的。你知道我说话算数的。所以现在我再向你保证一件事。

　　你知道我下星期要干什么吗？我告诉你，我要去买一包向日

---

① 流行于英国和爱尔兰的男孩中的游戏。拿线穿着栗子轮流砸对方的栗子，直到一方的栗子碎裂。

葵花种子，我一定要买。无论如何。就到麦肯纳家去买。我到他家去，还要买把小铲子和肥料。一定要买。穿上我的木屐，戴上我的大帽子。到那棵栗子树下，把种子撒下去。不能种在树荫下。然后就坐在那儿看着它们长起来。每天都看着。要是有人胆敢偷偷来剪的话，我一定把他打得屁滚尿流，三天爬不起床。我跟你保证。我要帮你，天天给它们浇水，现在我再往后一步看看你。往后一步。天天给它们浇水。啊哈，站这儿就好。看一下。我一定会做到的。

莫伊拉，我跟你说。你听着，你真是漂亮极了。真的。一点儿不骗你。绝对一流。温和平静的笑容。我的天，真的好看。真的很好看。

凯瑟尔的湖

　　这是一个伤心的周日，某人又得去挖出一只天鹅来。电台里噼里啪啦地给凯瑟尔传来一个死讯。他坐在床上，狠命地抽着烟，听到之后，叹了口气。

　　十四岁就上了天堂。这孩子还没来得及刮第一次胡子呢。也许他长了一头小麦色的头发。或者有一双跟画眉鸟蛋一样的蓝眼睛。半大不小，桀骜不驯，瘦不拉几的，头上可能还围着一条利物浦球队的围巾，舌头还不断地舔着上面的羊毛。肚子下面刺了一个淫秽的图案。他一手拿着个汽油瓶，一手拿着块点燃的从妈妈厨房里淘出来的抹布。就在他的手开始要投掷的时候，一颗六寸长的塑料子弹以每小时一百英里的速度砰地扎进了他的胸膛。汽油瓶从男孩手中翻滚着跌下来，掉在他身后的地上摔得粉碎。画眉鸟蛋一样的眼睛翻白了，小麦色头发掀起火焰。整条大街瞬间寂静无声，变得灰蒙蒙的，其他几个男孩赶紧把他翻过来扑火，但已经太晚了。一辆公交车烧了起来。一只鸽子从德里的屋顶上拍着翅膀飞腾起来，嘴

184

里还叼着块面包。本应是挽歌般的烟雾在垃圾箱盖子和警笛哭丧声的折腾下变成了闹曲。不一会儿，十几束插在牛奶瓶子里的花束纷乱地飞到了街上以示纪念。

凯瑟尔连连咳嗽，咳出一连串的痰来。啊，可是大周日的，还要去挖坑，实在是丧气，更何况现在那湖边已经拥挤不堪了。

他伸手到床头柜上把收音机给关了，然后翻身下床，整个就是个虎背熊腰的农夫。他嘴上叼着一支烟，走到窗口，一丝不挂。他摸了摸光光的脑壳，想象着灰蒙蒙的大街上，雨水从波纹钢屋顶上簌簌流下来。一群人聚在一起，面目抽搐着，非常愤怒。那孩子全身都烧焦了，可还没断气。他的肺可能已经烧坏了，护士正蹲在旁边。年轻的母亲，脸上还带着睫毛膏的污迹，沾满肥皂水的拳头在空中乱挥着，哭诉他还有一张没有写完的家庭作业放在枯萎的万寿菊花瓶边上。也许是金莲花，或者是雏菊。楼上，他的卧室里有一根沾了墨水的缝衣针，这是孩子用来在指关节上刺下四个字母单词的刺青的。爱或者恨或者干或者欲。警笛声刺破雨幕。车轮碾过那些碎玻璃。

凯瑟尔打了个冷战，拉开破旧的窗帘，看着蒙蒙的雨水懒懒地在清晨的空气中落下，落到天鹅栖息的湖面上。今年天鹅数量特别多，要是它们同时展开翅膀，会在空中相互连接，撑开白茫茫的一张大网。

从农场房子的窗户里，凯瑟尔通常能看到一英里外的景象——犁开的黑土地、黛绿的田野、小河流水的山峦、连绵的森林，一直到远方暗褐色的青山。可是今天，因为下雨只能看到湖面为止，那里也是一个乡村景象的迷你形态——散乱地分布着一些栗子树和荆棘丛。北边湖岸有十英尺高，而东边是一片土滩，经常可以听到蛙鸣。虽然他的牛在草地上吃喝拉撒的，但湖水依然清澈，深不见底。湖面上，天鹅们弯着个脖子，优雅地绕过水草和水帘。这个湖从马路上是看不到的，离那隆隆的车流还有半英里呢。

凯瑟尔打开窗户，伸出头去，张嘴让烟头掉了下去，看着它翻着跟斗掉到了湿湿的草地上。他又朝湖面看了一眼。

"早上好，"他喊道，"你们还能再腾出个地儿来吗？"

天鹅们继续无声地漂着，就像纸折的一样。他的喊声从远处返回一点低低的回声。他又咳了一声，把痰吐出去，关上窗户，走回乱成一团的床边。他穿上内衣、一件开领衬衫，再套上脏兮兮的外套和羊毛袜。他沿着平台慢慢走出去，下了楼梯去做早餐。袜子踩在木地板上的时候，他想，这些个短命的男女啊。唉，管它干什么。

也许那个打响引起骚乱第一枪的士兵也只是个孩子。凯瑟尔的咸肉煎得嗞嗞响，茶壶也发出微微的哨声。也许他看到那个利物

186

浦球队围巾包着脸的孩子时心里想的只不过是要回家。结果却是一个火球从空中飞过。也许这个士兵只想着来一品脱的沃氏啤酒①，或者到泰恩赛德②的房子边，对着墙砰砰地练球，或者跟女朋友勾搭在一起，到纽卡斯尔小巷里逛逛。也许他还盼望着把头发留长到肩膀上，跟以前一样帅。或者，等拿到下个月的薪水，就能买点阿富汗大麻，跟战友们一起坐在营房里吞云吐雾。或许他的眼睛也跟地窖里的那些酒瓶子一样又深又绿。也许他枕头下也藏着一本威尔弗雷德·欧文③的书，想弄明白带刺的铁丝网边呼啸的炮弹声的意义。不过现在他只能站在伦敦德里的街头，浑身哆嗦，肩膀随着步枪的巨大冲击而晃动。抬头看着天空，只见一缕硝烟升起。

凯瑟尔用手指捡起还在嗞嗞冒泡的咸肉片，又敲了两个蛋上去。他给自己倒了杯茶，咳嗽着把一口痰吐进了水槽。这个圣诞节的天气真是糟透了。寒风凛冽，简直就跟镰刀割稻草人似的，结果他就感冒得厉害。昨晚灌了一通布希米尔④也没能让胸口热起来。这个联想太可怕了，他摸着自己的胸口想，布希米尔和子弹。

----

① 沃氏啤酒，英国 Watney Combe & Reid 公司的产品，这家公司的股票上世纪三十年代成为金融时报指数指标股，这款产品六七十年代曾风靡一时，成为文化象征。
② 英格兰东北部的大都会区，包括纽卡斯尔市在内。煤炭钢铁工业发达。
③ 威尔弗雷德·欧文（1893—1918），英国一战期间著名的战地诗人。
④ 位于北爱尔兰安特里姆郡的酒厂，据称是有记载的最为古老的威士忌生产者。

或许，他接着猜想，那个士兵营房双层床的墙上还挂着他女友的照片。照片有点发黄，卷角了。她的头发梳得整整齐齐，性感地笑着。足够让这个兵两腿发软了。现在他只能给她打电话说："我不是故意的，亲爱的。我们只是想驱散人群。"也许他就长得贼眉鼠眼，眼睛生得跟屁眼似的，现在正踩着他闪亮的黑皮靴坐在酒吧里，被大家哄着拍着，兴高采烈地举起杯子叫道："看见了吗，伙计们？那一枪他妈打得，嗯？纽卡斯尔联队一分，利物浦队零分。"

这些个冤冤相报的仇恨啊，老天。想吃个早餐填饱肚子都不行。凯瑟尔把一小块面包蘸进打散的蛋黄里，然后擦了擦下巴。院子里一群小鸡正在叽叽喳喳地争夺几块碎面包。一只乌鸦停在红色谷仓边上的篱笆柱子上。再过去，是十几头奶牛在地里挤作一团，都躲在树下避雨。雨下大了，跟帘幕似的。地中间，瘫着凯瑟尔的拖拉机。昨天他只是收了几袋燕麦，打了几捆草，为天鹅打了些玉米粒，它就不行了。

凯瑟尔把最后的早餐塞进嘴里，看着天鹅在水面懒洋洋地游荡着。它们一只接一只，跟得很紧。我的老天，现在真的是没有什么空间了。

他把早餐盘子扔在了水池里，开了前门，坐在门廊的一条木凳上，喘着气穿上了惠灵顿雨靴。偶尔有雨水飘进来，他拉紧了雨衣帽子上的绳子。温纳特是只三条腿的牧羊犬，它有一次被拖拉机碾着了，失去了一条前腿。它过来把头靠在了凯瑟尔的膝弯上。他从雨衣的口袋里拿出了一盒香烟，掬起手点着了。该收拾这些烦人的东西了，他一边想一边走出了院子。烟头一明一暗地闪着。温纳特拐着个腿，绕着水坑追小鸡。

"温纳特？"

狗狗甩了甩脑袋，跟上凯瑟尔，朝红谷仓走去。干草一捆捆地堆得很高。架子上垒着一袋袋的种子。角落里有一堆拖拉机零件。杂七杂八的农具胡乱靠在墙上。凯瑟尔用脚尖钩住一把干草叉的把手，一脚把它踢到了屋子那头，然后又捡起一件捣捶靠在角落里，最后才抓起了他最喜欢的带蓝色把手的铁锹。

老天，他要不是被诅咒了要去干这活儿，完全可以去修修拖拉机的分电器盖子，或者把北面的篱笆固定一遍。也可以到那个狐狸洞前面撒点煤油，让那个可恶的红色畜生不再祸害小鸡。还可以到地的南边去看看奶牛们过冬的饲料够不够。甚至可以只是坐在炉火边上，抽支烟，看看电视，享受享受一个五十六岁老人该有的悠闲时光。

挖了这么多年，要是一个洞的话，都可以挖到澳大利亚他弟弟那儿去了，或者美国的妹妹那里，甚至是到了他那不管是在天堂还是地狱的爸妈那里去了。

"你说是不是啊，温纳特？"凯瑟尔弯下腰抓住温纳特的那只前腿，带着它走出了谷仓，铁锹夹在胳膊下面。小狗汪汪叫着答应了，他也笑了。

他走回到院子里，狗狗在脚下跟着。他走过去时，哼着小调挥手把铁锹立在了那个水坑里。不知道现在他们开始唱了没有，在那可怜孩子的尸体边上？烧焦的地方肯定被化妆了，麦黄的头发也梳好了，眼睛平静地合上了，只是嘴很奇怪，有点愤愤的，那块刺青也被遮住了。牧师还在念念叨叨，因为他不愿意给棺材盖上旗帜。一个狡猾的殡仪员说这孩子应该得到最好的安抚。真丝料子，金色流苏。他的同龄伙伴们在象征性的烛光中为他写诗。枯萎的金盏花被换成了玫瑰——瓣瓣饱满的上好玫瑰。厨房的抹布再次派上了用场，这次是用来擦掉柜台上的威士忌酒。烟灰缸里堆满了烟头。女人们都在喝茶，牛奶瓶子很受欢迎。

他走到了小路上，风吹着冰冷的雨点打在他脸上。凯瑟尔感到寒冷浸到了骨头里。他拿铁锹当作拐棍，跨过沟渠和坑洼。远处，天鹅们还在那儿漂着，完全不在乎天气。最奇怪的是，从来没见它们争吵过。不过，它们也从来没唱过歌。哪怕是在它们离开的时候，每年新年晚上，它们就会成群结队地飞走，可从来也没听它们唱过什么天鹅曲。有一次，电视节目上的一位专家说天鹅曲只是个神话。也许只有它在空中被击中的时候会发出一两声哀鸣，那是气管里剩余气体漏出来的声音，却被某个愚蠢的诗人当作是天鹅曲。那会好听吗？凯瑟尔从牙缝里发出一声哨响，笑了。那样的话，至少不会有挖坑的事儿，自己就可以多歇会儿了。

他拨开门闩，横跨在汩汩冒着泥水的地上，躲开放哨的牛，走到了田里。每走一步泥水都扑哧扑哧地包围他的雨靴，搅起一阵浪花。水上的鸟儿们都还没注意到他，不过有几只排成一排，一只接一只地牵起一片涟漪。一只硕大的雄天鹅足有四尺高，正跟一只雌的交颈亲密，它们的长嘴鲜黄中沾染了一丝黑色。慢慢地，它们开始互相为对方梳理羽毛，凯瑟尔乐了。那是安娜·巴甫洛娃[①]，这是他最喜欢的天鹅的昵称，还是只小天鹅的时候——还是湖面上没有现在这么挤的时候——它就会在水面上翩翩起舞，弄得到处水雾飞扬。其他的天鹅都躲在茅草里。有一群挤在岸边，大概有九只，一个个都冲着天上伸着脖子。

这他妈要还有地儿接纳新人才怪呢——尤其还是个惹是生非的小子。凯瑟尔摇着头，一锹挥向了岸边。锹刃先碰到了一些苇叶，然后扎进了土里，差点就掉到水里了。鸟儿们一惊，嘎嘎地叫了起来。有的开始扇翅膀。温纳特也跟着吠起来。

"都给我闭嘴，"他吼道，"别吵了，消停点。"

---

① 安娜·巴甫洛娃（1881—1931），20世纪初的芭蕾巨星，《天鹅之死》是她最著名的代表作。

他抽回铁锹，拂去落在裤腿和外套上的叶子，又点了支烟，用发黄的牙齿叼着。大多数的天鹅都安静下来了，盯着他看。可那些老一点的自打一月份就来这里了，它们不满地转身游走了。温纳特趴到地上，头放在前爪上。他把铁锹用力往前推进湖边湿漉漉的土里，希望自己挖的正是地方。

它们看上去都差不多，大小形状、洁白的羽毛都一样。那个在酒吧里被炸死的女孩跟那个倒在撒拉逊装甲车前座上的士兵看上去简直是双胞胎。那个士兵脑袋上炸了个拳头大的窟窿，跟心脏一样大了。而他又跟那个淹死在水沟里、手里捏着阿马莱特①手枪、嘴里还叼着芦苇的加瓦孩子不分伯仲。而后者又和推着宝宝出去散步被流弹打死的年轻妈妈简直是一母同胞。这妈妈又和那个看到自己女儿被柏油和鸡毛裹起来之后用一根绳子把自己吊死的爸爸如出一辙。这位爸爸又和去年三月相互射杀的三个士兵及两个枪手一模一样——老天，怎么挖起来的时候会有嗞嗞声。上个星期，就在圣诞节前，那个老人被发现躺在路边，就躺在他蓝色的自行车边上，可膝盖骨却不见了，这活儿真是太难了。

现在锹刃下去得更轻松了。他用脚踩在锹上。肩膀顺着腿往下一压，铲起了第一块土——带着泥水和草根，沉甸甸的——先撇到

----

① 位于美国伊利诺伊斯州的一个轻型武器制造商。

左边。他抬起头望着天空，若有所思。

也许是军营里的圣诞装饰，银箔、贺年片、铃铛还有无数鲜艳的色彩。松针都被喷了胶水以防掉下来。撑得吃不下火鸡的士兵。大嚼布丁的士兵。有人低声笑着在聊什么万瓶之母[①]。街头有个男孩，看着柏油马路上黑黑的地面在许新年愿望。一位老师在浏览从前的论文。某人的女友在英国便道[②]上抽烟。一位能干大婶有好多的过夜菜。消息可能登在报纸左下角。

又是一铲子土，那个土堆又长高了。雨水敲打着凯瑟尔的背。乌云在晨光中飘移。他鼻子和嘴里喷着香烟。穿着一堆厚厚的衣服，开始出汗了。几分钟之后，他把烟屁股扔进泥巴里，拿出一块红手帕擦擦额头，然后继续挖坑。现在得小心了，不然就会铲断可怜东西的脖子了。

随着土堆的长高，那个洞有三英尺深了，凯瑟尔已经看到最上面的白色羽毛了。上面还有一层薄薄的湿土。"慢点，"他说，"慢点。不要给我添乱。"他继续挖，在天鹅边上挖得更宽更深，然后把锹放下，张开双臂趴到洞口。他隔着洞口对温纳特眨了眨眼。狗

[①] 本来应该是"万战之母（mother of all battles）"，结果被士兵们改成"万瓶之母（mother of all bottles）"。

[②] 位于法国旅游城市尼斯的海边小道，因最早吸引了大量英国人来此度假而闻名。

狗已经见过这种场面很多次了，知道不该乱叫。湖面上，他的身后，天鹅在粗声粗气地叫唤。他伸手到洞里用指甲把泥巴刮掉。这世上有无数工作可干，为什么非得在这下雨天穿着干净的衬衫在这里流汗？泥巴深深嵌进了指甲里。那鸟儿就侧躺在泥巴里。

他把手伸到尸体的下边，把黏着的泥巴弄松了，可是还不够让翅膀展开的。这玩意儿一拍，能把人的胳膊弄断。他把手放在胸口，感觉自己的心跳。然后把天鹅脚上的泥巴弄干净了些。凯瑟尔很小心地挖了一个通道，把天鹅的脖子和头弄了出来。把泥土弄掉后，他轻轻地提起了长长的脖子，用手握住。"现在可不能嘶嘶叫。"他用另一只手保住整个天鹅尸体，熟练地把天鹅抱了出来。然后把它的一只脚折在翅膀下，另一只翅膀紧贴在自己胸前。他把天鹅举到空中，然后扔了出去。

"去吧，你这个小暴发户。"

凯瑟尔坐在洞边，穿雨靴的两腿晃荡着，看着那只天鹅划出一个完美的长弧，翅膀上的泥土簌簌地落下，漫无目的而又可爱地寻找地方落下。他看着其他天鹅叽叽嘎嘎在腾位置，翅膀互相碰撞着。新来的最后落在了湖东面的一小片水面上。

在那个小区里的某处，一位母亲正在把一些衣物收进一个黑色的塑料袋子里。她的嘴唇颤抖着。楼梯间的墙上有了新的涂鸦。卧室墙上，足球明星的海报几乎要掉下来了。那根缝衣针被扔在了空空的垃圾箱里。外面，新闻记者拿着笔记本在速记。摄像机用电池工作着。有人觉得在水里面加点糖的话花儿是不是能开得更久些。另一个人，戴着平顶帽，在挖什么东西。一个士兵在给女朋友打电话，或者在墙上刻字儿。除非在高空中被枪击中了，否则天鹅是不会在天上唱歌的。它们的气管会有漏气声。大家都知道了。

凯瑟尔点着最后一支烟，想着两天之后，这整群的天鹅都将离开，挖洞的活儿又得周而复始地开始了。去他娘的。每个人都有自己特定的诅咒。凯瑟尔把他的狗叫起来，拎起铁锹，踩着他的惠灵顿雨靴朝农场的家走去，一路走着，泥水噼噼啪啪地飞溅到了雨衣的后背上。他嘴里吐出的香烟袅袅地升腾起来。远处的篱笆柱子已经有点东倒西歪了。得好好修理一下了，他在阵阵飘落的细雨中暗自想着。